정의를
위하여

정의를 위하여

초판 1쇄 발행 2014년 1월 27일
초판 2쇄 발행 2019년 12월 13일

글 로리 세이전
그림 오승민
옮긴이 김희숙

책임편집 김초희
책임디자인 최성경

펴낸이 이상순 **주간** 서인찬 **편집장** 박윤주 **제작이사** 이상광
기획편집 박월 김한솔 최은정 이주미 이세원 **디자인** 유영준 이민정
마케팅홍보 이병구 신희용 김경민 **경영지원** 고은정

펴낸곳 (주)도서출판 아름다운사람들
주소 (10881) 경기도 파주시 회동길 103
대표전화 (031) 8074-0082 **팩스** (031) 955-1083
이메일 books777@naver.com **홈페이지** www.books114.net

Fight for Justice

by Lori Saigeon
© 2009 Lori Saigeon
Originally published by Coteau Books, Regina, Canada.
All rights reserved.
Korean translation © 2014 Beautiful People Publishing Co., Ltd.
Korean translation rights arranged with Coteau Books c/o Catherine Mitchell Rights Agent through
Orange Agency.

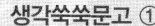

정의를 위하여

생각쑥쑥문고 ①

글 **로리 세이전**
그림 **오승민**
옮김 **김희숙**

아름다운사람들

차 례

불청객을 만나다

저스티스 스토니플레인은 집을 나서며 숨을 크게 들이쉬었다. 시원한 공기가 갑자기 그를 감쌌다. 모나크 시에 어제까지 없었던 가을이 한 조각 다가와 있었다. 저스티스(Justice, 우리말로는 '정의')는 재킷 속으로 어깨를 움츠리며 몸을 가볍게 떨었다.

저스티스는 군것질거리를 사러 편의점 '숍 앤드 고'에 가는 길이었다. 한 살 더 먹을 때마다 50센트씩 늘어나서 이제 5달러가 된 용돈은 주머니에 들어오기가 무섭게 사라지고는 한다. 가게에 가면 과자와 초콜릿 바가 그를 기다리고 있었다.

 토요일은 엄마가 밀린 집안일을 하는 날이었다. 저스티스는 자기 몫의 할 일을 다 마쳐서 기뻤다. 쌍둥이 여동생인 채리티는 그렇게 운이 좋지 못했다. 여자아이인 채리티는 진공청소기를 돌리고 바닥 청소를 해야만 했다. 저스티스는 설거지를 하고 쓰레기를 내다 버리면 그만이었다. 그는 자기 일이 더 쉽다는 것을 알고 있었지만 채리티에게 그 어떤 말도 하지 않았고 채리티 역시 별 신경을 안 쓰는 듯했다.

 저스티스는 모퉁이를 돌자마자 앞에 아이들이 한 무리 모여 있는 것을 발견했다. 남자아이들 대여섯 명과 여자아이들 두어 명이었는데, 모두 같은 학교 아이들이었다. 저스티스는 재킷의 지퍼를 올리면서 땅만 보고 걸었다. 토요일치고는 조용한 날이었다. 그가 아는 아이들은 바깥에 아무도 없었다. 그는 채리티가 함께 나왔다면 얼마나 좋았을까 하고 생각했다. 채리티는 사람들과 잘 어울렸고, 엄마는 채리티가 어떤 이야기든 자기 말로 풀어낼 줄 안다고 하셨다.

아이들이 떼로 모여서 이야기하고 있었지만, 아이들은 저스티스가 가까이 갈수록 서로 피하며 길을 내주었다. 저스티스는 작년 가을 오스카나 공원에 앉아서 보았던 한 무리의 거위 떼가 문득 떠올랐다. 주말인데 왜 이런 이른 아침부터 아이들이 모여 있는 건지 의아했다.

"어이, 범생이!"

키가 제일 큰 남자아이가 불렀다. 저스티스의 학교 친구인 트레이였다. 트레이는 예전에 친하게 지내던 아이였지만, 그 아이가 저스티스를 "범생이!"라고 부를 때 그건 우정의 신호가 아니었다. 무엇 때문인지 트레이는 점점 차가워지고 있었다. 저스티스는 왜 그럴까 짐작만 할 따름이었다.

트레이는 거친 가정 환경에서 자랐다. 큰형은 늘 집에서 파티를 열었고, 이웃들의 신고로 경찰이 늘 트레이의 집으로 출동했다. 트레이는 운동을 잘하고 민첩했는데, 저스티스도 충분히 트레이와 견줄 수 있을 만큼 잘했다.

"너한테 얘기하는 거야, 범생이!"

트레이는 크고 거친 목소리로 다시 말했다. 덩치도 저스티스가 기억하던 것보다 더 커 보였다.

"왜?"

저스티스는 침착하고 낮은 목소리를 내려고 애쓰면서 대답했다.

"뭐하는 거야?"

저스티스가 모르는 다른 남자아이가 물었다. 옆 동네 학교 아이인가?

"그냥 어디 가는 중이야. 난, 음, 내가 지금 좀 바빠."

저스티스는 그렇게 답하고 어깨를 으쓱해 보였다.

아이들이 모두 웃음을 터트렸다.

"오! 쟤 바쁘대, 지금. 쟤네 엄마가 우유 사 오라고 심부름 보냈나 보지?"

여자아이 하나가 저스티스 흉내를 내며 말했다.

저스티스는 뭐라고 한마디 대꾸해 줄까 하다가 다시 생각해 보았다. 이 아이들에게 자신을 물고 늘어질 다른 명분을 주는 건 바보 같은 짓이었다.

저스티스가 아이들 틈을 비집고 나가자, 누군가가 발

을 걸었다. 저스티스는 길가로 고꾸라질 뻔하다가 겨우 중심을 잡았다. 젠장, 대단하군! 다들 보는 데서 넘어졌더라면……. 정말 더는 못 참았을 것이다.

"춤 잘 추는걸, 범생이."

다른 여자아이가 저스티스에게도 들릴 만큼 큰 소리로 이죽댔다. 아이들이 모두 웃음을 터트렸다. 저스티스는 얼굴이 붉어지는 것을 느꼈다.

'내가 무슨 생각을 하고 있는지 쟤네한테 말해 줘야겠어.'

"바보같이 굴지 마."

그는 혼잣말로 중얼거렸다. 가게로 가기 위해 길을 건너면서 저스티스는 아이들을 돌아보았다. 아이들은 이미 다들 등을 돌린 채 돌아서 있었다. 뭣들 하는 거지? 저스티스는 의아했다. 아이들은 저스티스에 대해서는 다 까먹은 듯 보였다. 지미라는 남자아이 한 명만 빼고. 지미의 눈길은 저스티스를 좇고 있었다. 저스티스가 뒤를 돌아보자 지미는 눈길을 돌렸다. 저스티스는 지미의 얼굴에서 슬픈 표정을 보았다고 생각했다.

'왜 자기가 좋아하지도 않는 애들하고 친구를 하면서 저러고 있는 거야?'

저스티스는 숍 앤드 고의 문 앞까지 오자 따뜻한 공기가 온몸으로 느껴져서 안심이 되었다. 주말 담당인 찰리가 계산대의 평소 자리를 지키고 있었다.

"안녕, 저스티스? 오늘은 일찍 나왔네. 용돈 받았나 보지, 응?"

찰리가 친근한 목소리로 불렀다.

"네."

저스티스는 킥킥댔다. 찰리는 저스티스가 주말이면 용돈의 최소 절반은 쓴다는 걸 알고 있었다. 엄마는 저스티스에게 그렇게 자꾸 돈을 쓰니 게임기 사는 데 용돈이 모자라는 거라고 말씀하시지만, 저스티스는 상관없었다. 저스티스는 토요일의 군것질이 좋았다.

찰리가 계속 말을 걸었다.

"채리티는 어디 있니? 채리티는 오늘 간식을 안 사 먹나 보지?"

저스티스는 채리티가 집안일을 마치고 어쩌면 혼자서 여기로 오려 할지도 모른다는 생각이 들었다. 속으로 죄책감이 들었다.

"채리티는 나중에 올 거예요. 오늘 좀 바쁘거든요."

저스티스는 애써 이유를 설명했다. 하지만 이 말은 저스티스가 듣기에도 애매하게 들렸다.

저스티스는 즉석식품들이 놓인 진열대 문을 열면서 채리티가 지금 어디쯤 있을지 궁금했다. 벌써 출발했을까? 저스티스는 땅콩 바를 집어 들었다가 제대로 보지도 않은 채 다시 제자리에 내려놓았다. 채리티가 여기로 오다 보면 틀림없이 아까 그 아이들과 마주칠 것이다. 저스티스는 여러 가지 나초 과자와 치즈 과자 들을 흘긋 쳐다보았다. 지금쯤이면 채리티가 집에서 막 나오고 있을 것이다.

저스티스는 결국 사탕과 과자 들 중에서 뭘 고를까 즐겁게 살펴보는 일을 포기하고 가게 문으로 갔다.

"좀 이따가 다시 올게요, 찰리."

저스티스는 가게 문을 쾅 닫고 나서면서 말했다. 찰리는 어리둥절한 표정으로 서 있었다.

아까 그 아이들이 계속 거리에서 몰려다니는 게 보였다. 저스티스는 샛길을 이용해 집까지 가기로 마음먹었다.

"나는 내가 원하는 길로 다닐 수 있어야 해."

저스티스는 중얼거렸다. 머리를 숙이고 결심을 곱씹으면서 가다가 그는 같은 반 여학생인 셔니와 정면으로 몸이 부딪혔다.

"안녕, 저스티스."

셔니가 빙긋 웃었다. 셔니의 머리카락 위에서 새로 산 붉은 머리띠가 햇빛을 받아 밝게 빛났다.

"안녕?"

저스티스는 우물거렸다. 셔니를 보면 늘 무슨 말을 해야 할지 몰랐는데, 하필 이럴 때 만나다니…….

"어디 가?"

셔니가 물었다.

"집에 가."

'대답이 아주 태연하게 나오네. 난 정말 의연해, 멋쟁이

저스티스.'

저스티스는 생각했다.

"아……."

셔니는 머뭇거리며 설핏 웃었다. 검은 눈동자가 잠시 흔들렸다. 셔니도 이야깃거리가 다 떨어져서 더 할 말이 없는 듯했다.

두 사람은 서로 쳐다보지도 못하고 어느 집 차고 앞에서 나뭇잎들이 바스락거리는 소리를 들으며 잠시 동안 서 있었다. 바람이 저스티스의 양 귓가를 스쳐갔다. 1분이 한 시간 같았다. 셔니는 바닥에 박혀 있던 조약돌을 발로 툭 찼다. 저스티스는 서늘한 날씨에 얇은 재킷을 입었는데도 이상하게 몸이 후끈거리며 더워졌다.

"음……. 나는 가는 게 낫겠다."

저스티스는 정말 떠나야만 하는 것처럼 목소리를 내려고 노력하면서 뒤로 돌아섰다.

"좋아. 다음에 봐."

셔니가 대답했다. 목소리가 긴장이 풀린 것 같았다.

"그래, 다음에 봐."

저스티스가 대답했다. 벌써 몇 미터 떨어져서 다른 쪽으로 움직이는 중이었다. 잠시 후 급하게 현관으로 들어가던 저스티스는 밖으로 나오던 채리티와 거의 부딪힐 뻔했다.

"무슨 일이야?"

채리티가 소리 질렀다.

"아무 일도 아냐!"

저스티스는 의도했던 것보다 더 퉁명스러운 목소리로 말했다.

"오빠, 꼭 유령한테 쫓기는 사람 같아!"

"그냥 서두른 것뿐이야. 왜 이렇게 놀라는 거야?"

"알았어. 그렇게 까칠하게 나오지 좀 마! 어휴!"

채리티는 팔짱을 끼고 버럭 화를 냈다. 저스티스는 채리티를 밀치고 들어가서 2층 방으로 쏜살같이 올라가 침대 위에 벌렁 드러누웠다.

"저스! 신발!"

엄마가 거실에서 소리치셨다.

'엄마가 어떻게 아셨지?'

저스티스는 의아해하며 신발을 발로 벗어 던졌다. 채리티가 바로 뒤에 서 있었다.

"숍 앤드 고에 안 갈 거야?"

채리티가 놀라서 눈을 크게 뜨고 계속 물었다.

"안 가. 다음에 갈래. 할 일이 너무 많아."

저스티스는 평소처럼 목소리를 내려고 애쓰면서 말했다.

"좋아."

채리티는 짧게 대답하고 잠시 침묵하더니 나가려고 돌아섰다.

"이따 봐."

"그래, 이따 봐."

저스티스는 벽 쪽으로 돌아누웠다. 왜 이렇게 모든 일이 복잡해지지? 채리티가 트레이와 다른 아이들이 서 있는 골목길을 걸어서 지나가는 장면을 떠올리니 배 속이 울렁거렸다.

"채리티, 잠깐! 나도 같이 갈게!"

저스티스는 소리쳤다.

소심한 용기

저스티스는 재킷 소매에 팔을 집어넣으며 몇 집 앞서서 가고 있는 채리티를 쫓아갔다.

"왜 나를 안 기다리는 거야?"

저스티스는 투덜댔다.

"오빠가 너무 투덜대니까."

채리티가 대꾸했다. 채리티는 화난 것처럼 행동했지만 실제로는 마음이 상해서 그런다는 것을 저스티스는 금방 알 수 있었다. 쌍둥이는 원래 그렇다. 내 기분을 상대에게 숨길 수가 없다. 저스티스는 동생과 이렇게 있다가 셔니를 갑자기 만나는 일이 없기를 바랐다.

"그런 거 아냐."

저스티스가 힘없이 말했다.

"아까 어디에 있었던 거야? 난 오빠가 심부름 마치고 집을 나서기에 숍 앤드 고에 가는 줄 알았어."

채리티가 물었다.

"응. 뭐, 생각이 바뀌어서."

저스티스는 채리티에게 왜 거짓말을 하려 했을까? 사실이 아니란 걸 금새 알아차릴 텐데 말이다.

"오! 그럼 엄마 심부름으로 빵이랑 치즈를 사러 가는 거니까 이제 오빠가 나를 도와주면 되겠네."

채리티는 뭔가 더 하고 싶은 말이 있는 듯 소리를 냈다.

좋아. 이제 저스티스는 **진짜** 엄마 심부름을 하러 가게에 가고 있었다.

"음, 그게, 난 못 갈 거 같은데."

저스티스는 입 밖으로 말을 내뱉은 뒤 생각했다.

'내가 왜 이러는 거지?'

"뭔 소리야……?"

채리티는 오빠 주위를 빙빙 돌며 걷다가, 모퉁이를 돌면서 갑자기 멈춰 섰다. 저스티스 역시 대답할 틈도 없이 골목길 끝에 나타난 셔니를 보자마자 멈춰 섰다. 셔니는 아까 저스티스가 마주쳤던 아이들 무리와 이야기하고 있었다.

저스티스와 채리티가 그들 가까이 다가가자, 저스티스가 모르는 여자아이 한 명이 갑자기 어깨로 셔니의 어깨를 툭치면서 다른 아이에게 밀어 넘겼다. 저스티스는 헉하고 채리티의 숨이 멎는 소리를 들었다.

"난 바보가 아냐! 네가 바보지!"

셔니가 소리 질렀다. 입술이 찢긴 채 얼굴이 질려 있었다. 셔니는 한 마디 한 마디 끊어 말하면서 상대 여자아이를 밀쳤다. 그러자 다른 여자아이가 바로 반격을 했다. 밀쳐졌던 아이는 다시 중심을 잡고 서서 더 세게 셔니를 뒤로 밀어내며 말했다.

"닥쳐!"

19

셔니의 얼굴은 마음과 달리 붉어졌다. 아이들이 모두 자기 친구를 감싸기 시작했다.

"한 방 먹여 줘, 빌리!"

트레이가 소리쳤다. 빌리는 저스티스가 모르는 바로 그 여자아이였다.

"그러지 마, 빌리!"

다른 여자아이가 소리쳤다. 저스티스는 그 아이를 학교에서 본 적은 있었지만, 이름은 몰랐다. 걔는 옆집에 새로 이사 온 아이였는데 저스티스랑 같은 반은 아니었다.

셔니와 빌리는 서로를 노려보면서 빙빙 돌았다. 저스티스와 채리티는 아이들이 서 있는 곳으로 달려갔다.

"셔니, 뭐하는 거야?"

채리티가 두 눈을 크게 뜨고 숨도 제대로 못 쉬면서 셔니를 불렀다.

저스티스는 채리티를 곁눈질했다. 그 여자아이와 셔니는 서로 붙었다 떨어졌다 하면서 뒤엉켜 싸우고 있었다.

셔니는 채리티의 소리를 들었을 텐데도 눈길조차 주지

않았다. 그저 빌리만 똑바로 쳐다보고 있었다.

"너네들, 셔니를 내버려 둬."

저스티스가 말했다. 그런데 자신이 듣기에도 자기 목소리가 약했다.

'내가 왜 이렇게 힘이 없지?'

저스티스는 생각했다.

"너야말로 우리를 내버려 두는 게 어때? 꺼져, 이 지질이들."

저스티스가 모르는 그 남자아이는 저스티스와 채리티에게 얼굴을 들이밀면서 위협했다.

저스티스는 심장 박동이 빨라지는 것을 느꼈다. 동시에 귓전으로 낮게 으르렁대는 소리가 들렸다.

"닥쳐."

저스티스는 자기 목소리를 들으면서 스스로 놀랐다. 아이들은 이제 저스티스를 노려보기 시작했다.

'내가 왜 이런 허풍을 떤 거지?'

스스로도 어이가 없었다.

21

"뭐라고, 지질이? 감히 네가 나한테 이래라저래라 하면 안 되지."

트레이가 곰처럼 이빨을 드러내면서 쌍둥이에게 다가왔다. 아이들은 어느새 셔니와 빌리는 잊고, 저스티스와 채리티를 둘러싸기 시작했다.

"셔니를 내버려 둬."

저스티스가 다시 말했다.

"누가 그러래? 너네 엄마가?"

트레이가 놀려 대자 다른 아이들이 웃었다. 날카롭고 빈정대는 웃음소리였다.

"내가. 내가 너한테 하는 말이야."

저스티스는 스스로도 놀랐다.

"이 코흘리개 꼬맹이, 그 말한 걸 후회하게 해 주지."

저스티스의 말에 트레이가 빈정댔다. 그는 두 주먹을 쥐고 저스티스 앞으로 다가왔다. 저스티스는 입안이 바짝 말랐다. 내가 무슨 짓을 한 거지?

그 순간 자동차 브레이크 소리가 들렸다. 아이들은 모두 소리가 나는 쪽으로 고개를 돌렸다. 트레이가 뒤를 휙 돌아보자 로버트슨 경관의 순찰차가 있었다. 로버트슨 경관은 학교에도 여러 번 방문한 적이 있어서 아이들은 그녀를 알고 있었다. 안전 교육 시간에 종종 보았던 것이다.

"안녕, 애들아! 토요일 아침인데 일찍부터 나왔구나! 별일 없지?"

로버트슨 경관은 조수석 창문을 내리고 명랑하게 목소리를 높였다.

저스티스는 온몸에 안도감이 퍼졌다. 무릎이 떨리고 뭐라대답해야 할지 알 수가 없었다.

트레이는 순찰차 앞으로 성큼성큼 걸어갔다. 그러고는 저스티스를 위협하던 비웃음을 친절한 미소로 바꾸면서 얼른 대답했다.

"네, 그럼요, 로버트슨 경관님. 아무 일도 없어요."

'뭐라고, 이 거짓말쟁이! 어떻게 사람이 저렇게 다를 수가 있어?'

저스티스는 생각했다.

"훌륭하군! 그럼 조심해서 놀아라, 얘들아. 알았지?"

로버트슨 경관은 떠날 참이었다.

"네!"

아이들이 밝은 표정으로 대답하며 손을 흔들었다. 저스티스는 이 아이들이 셔니와 자신을 1분 전까지도 위협하던 그 아이들이라는 걸 믿을 수가 없었다.

채리티는 지금이 기회다 싶었다.

"가자!"

채리티가 옆에서 중얼거렸다. 채리티가 셔니의 팔을 잡아당겨 끌었고, 세 사람은 숍 앤드 고로 향했다. 저스티스는 모퉁이를 돌 때마다 트레이와 그 무리가 나타나지는 않을까 걱정하며 걸었다.

다시 만난 불청객

일요일은 한없이 길었다. 저스티스는 군것질이 즐겁지 않았다. 먹을 것만 보면 어제 거의 싸울 뻔했던 일이 자꾸 생각났다. 일요일마다 가던 수영장에 가는 것도 오늘은 별로 당기지 않았다.

"저스! 채어! 갈 준비됐니?"

엄마가 계단 아래서 불렀다.

저스티스는 무릎을 꿇고 옷장 제일 아래 서랍을 뒤지면서 수영복을 찾았다.

"금방 가요, 엄마!"

그는 대답했다. 수영복과 타월을 홱 잡아당기면서 속옷 몇 벌을 위로 던졌다.

수영장이 있는 피어슨 애퀴틱 센터까지는 멀었지만, 날씨가 좋은 날엔 수영을 하러 기꺼이 걸어갈 만했다. 웨트모어 가를 따라 걸어가면서 채리티와 엄마는 자매처럼 떠들었다. 채리티는 엄마에게 숙제를 설명했다.

"학교에서 과제 발표가 있거든요. 우리가 캐나다에서 제일 좋아하는 장소에 대해 발표하는 거예요."

"그래서 어디를 골랐는데? 숍 앤드 고? 너희 거기 자주 가잖아."

엄마가 놀리자, 채리티는 킥킥대며 대답했다.

"아니에요. 도시나 큰 장소여야 해요. 학교에서 캐나다 여러 지역에 대한 영화를 봤는데 저는 토론토를 골랐어요. 정말 재미있겠더라고요!"

그러고는 마지막에 이런 말을 덧붙였다.

"나중에 꼭 가 보고 싶어요."

"음……. 너무 빨리 가 버리지 않기만을 바란다, 우리 딸. 재미있어 보이지만 너무 멀거든. 가면 보고 싶을 거야. 코쿰(할머니를 뜻하는 캐나다 원주민 말)과 무슘(할아버지를 뜻하는 캐나다 원주민 말)도 보고 싶을 텐데."

엄마가 대꾸했다.

"알아요, 엄마. 전 가족들을 떠나고 싶진 않아요."

채리티는 잠시 말을 멈추더니 다시 말을 이었다.

"그냥 구경하고 다시 오면 되죠."

그녀는 밝게 웃으며 깡충깡충 뛰었다. 엄마는 어깨를 으쓱해 보이며 말했다.

"좋은 생각이야, 채어. 어디 출신인지를 잊으면 안 돼."

엄마는 저스티스를 돌아보았다. 저스티스는 몇 발짝 뒤에서 어기적어기적 따라오고 있었다.

"너는? 저스티스, 넌 어디를 골랐니?"

"오빠는 원주민 보호 구역을 골랐어요! 근데 오빠는 왜 보호 구역에 대해 쓰고 싶어 하는 거야? 새롭지도 않고, 재미있지도 않고, 큰 곳도 아니잖아!"

채리티가 끼어들었다. 채리티의 이 말은 비판에 가까운 말이었다. 왜 오빠는 수긍이 안 되는 곳을 선택했는지 의아해하면서 말이다. 그러자 엄마가 부드럽게 말했다.

"오빠가 말하게 두면 어떨까, 채어? 왜 그곳을 골랐는지, 오빠는 알 거라고 봐."

저스티스는 귀가 뜨거워졌다.

"저는 원주민 보호 구역을 좋아하고, 그곳에 대해 쓰고 싶어요. 윌슨 선생님이 그래도 된다고 하셨어요."

저스티스는 목청 높여 말했지만, 스스로 듣기에도 자신의 이유가 어리석은 말처럼 들렸다. 아무리 선생님은 그렇게 생각하지 않았다 해도 말이다.

"훌륭해, 저스. 네 고향을 자랑스러워하는 거잖아."

엄마가 흐뭇하게 웃으며 말씀하시자, 저스티스도 엄마에게 웃으며 대답했다.

"음……. 난 토론토를 골랐어요. 정말 재밌겠더라고요."

채리티가 다시 말했다.

'보호 구역만큼 재밌지는 않을걸.'

저스티스는 생각했다. 그러나 그는 채리티가 일단 마음먹은 걸 두고 논쟁하기란 무의미하다는 걸 알고 있었다.

세 사람이 피어슨 애쿼틱 센터에 들어서자, 입구에서부터 따뜻한 공기 속에 수영장 소독약 냄새가 났다. 엄마가 입장료를 내는 동안 저스티스는 안을 들여다보다 학교 친구인 밴스를 발견했다.

'좋았어! 같이 놀면 되겠구나.'

저스티스는 생각했다

저스티스는 2분도 안 돼서 수영복으로 갈아입고 수심이 얕은 풀장으로 뛰어들어 갔다. 그와 밴스는 거기서 함께 장난을 치면서 직접 만든 규칙에 따라 잡기 놀이를 하고 놀았다. 그러던 중 밴스가 갑자기 소리쳤다.

"저스! 높은 다이빙대에서 뛰어 보자!"

저스티스는 자신이 없어서 끙끙댔다. 밴스는 왜 저렇게 용감해 보이려고 하는 걸까? 밴스는 어른들이 주변에 없으면 학교 지붕으로 올라가는 첫 번째 꼬마였고, 쉬는 시간이면 정글짐에서 묘기를 부리는 강심장이었다. 저스티스는 낯은 다이빙대가 좋았다. 높은 다이빙대는 수면 위로 거의 12층 높이 정도 되어 보였다.

'밴스는 저걸 정말 할 수 있을까? 하기 싫다고 말하는 거랑 꼭대기까지 올라가서 겁을 먹고 떠는 것 중에 어떤 게 더 나을까?'

저스티스는 귀에서 철썩 부딪히는 물소리가 들리는 듯했다.

"빨리 와, 저스! 위로 가면 진짜 멋지다고! 위에 가 봤지? 그렇지?"

밴스는 고집을 부렸다.

저스티스는 지금이 솔직해야 할 때인지 **허세를 부려야 할 때인지** 갈피가 서지 않아 혼란스러웠는데, 그때 엄마가 부르셨다. 하지만 밴스는 결국 그의 친구가 아닌가. 저스티스는 밴스가 믿을 수 있는 친구여야 했다.

"지금 말고."

저스티스는 대답했다. 그러면서 이 말이 저 끔찍한 다이빙대에 올라가지 않겠다는 뜻으로 전해지기를 바랐다.

"그래, 그럼 조금 있다가 가자!"

밴스는 두 눈을 반짝이며 주먹 쥔 팔을 허공에 휘두르면서 소리쳤다. 밴스는 저스티스의 망설임을 눈치채지 못한 듯했다. 저스티스는 두려움에도 불구하고 밴스를 보며 큭 큭 웃었다. 행동을 먼저, 생각은 나중에.

저스티스는 마지못해 수영장 가장자리까지 겨우 걸어가서 밖으로 나왔다. 그는 수심이 깊은 수영장에 가까이 갈수록 정말 다이빙에 의욕이 넘치는 것처럼 보이려고 애썼다.

다이빙대는 두 소년이 가까이 다가가는 내내 머리 위에서 어른거렸다. 저스티스는 다시 한 번 자신이 그렇게 높은 데서 다이빙할 준비가 되어 있는지 망설여졌다. 많은 아이들이 다이빙대에서 뛰어내리는 걸 보면, 마치 신 나는 자유 낙하처럼 보였다. 그러니까 자신이 아니라 **다른 사람**이 떨어질 때 그렇게 보인다는 거다.

"빨리 와, 저스! 나는 지금 바로 올라갈 테다!"

밴스는 사다리를 오르기 시작하면서 다시 다그쳤다.

'난 안돼.'

저스티스는 생각했다.

'떨어질 때 심장 마비나 안 걸리면 다행이지……. 아니야, 난 할 수 있어. 다른 애들도 다 하는데 안 죽잖아.'

저스티스는 스스로를 응원했다.

'하지만 걔네들은 내가 아니잖아…….'

그러다 다시 저스티스는 속으로 갈등했다.

"좋아, 저스. 이걸 봐!"

밴스는 달려가더니 다이빙대 끝에서 사라져 버렸다. 그리고 떨어지면서 소리를 질렀다.

"이야아아아아아아!"

저스티스는 밴스가 수영장 속으로 물보라를 뿌리며 들어가 몇 초 후에 수면 위로 떠오르는 것을 지켜보았다. 다른 아이들이 다이빙대 위로 올라와 저스티스 뒤에 줄을 서기 시작했다. 저스티스는 덫에 갇혔다. 이제 생각할 시간이 없었다. 당장 아래로 뛰어내려야 하는 게 누가 봐도 분명했다.

저스티스는 다이빙대 끝을 향해 조금씩 걸어가서 저 아래 있는 물을 흘낏 보았다.

'젠장, 너무 멀잖아!'

저스티스는 그런 생각을 하지 않으려고 애쓰면서 코를 잡고 뛰어내렸다.

떨어지기 전에는 백만 가지 생각이 지나갔으나, 막상 떨어지자 물에 부딪힐 거란 생각만 또렷해졌다. 다리를 모아야 한다는 게 생각났다. 엄마가 그렇게 하지 않으면 다칠 거라고 말씀하셨었다. 마침내, 그러나 정말 순식간에, 저스티스는 수영장으로 뛰어들었다. 해낸 것이다!

저스티스는 허우적대며 수면 위로 올라와 간신히 숨을 쉬었다. 심장이 쿵쾅거리고 있었다. 저스티스는 두려웠던 마음을 극복해서 심장이 뛰는 건지, 아니면 아직 살아 있다는 게 기뻐서 심장이 뛰는 건지 알 수 없었다. 수영장 가장자리에서 밴스의 목소리가 들렸다.

"좋았어! 잘했어! 끝내주지, 응? 또 가자!"

밴스는 떠들어댔다.

저스티스는 자신이 해냈다는 게 믿기지 않았다.

'무슘과 코쿰께 이 소식을 알려 드려야 해. 얼마나 놀라

실까?'

그는 생각했다. 그러고는 채리티와 엄마가 지켜보고 있는 쪽으로 고개를 돌렸다. 두 사람은 저스티스에게 '최고'라며 엄지손가락을 들어 보이고 있었다. 저스티스는 두 사람을 보며 함박웃음을 지었다. 엄마랑 채리티도 그가 용감하게 다이빙하는 걸 본 것이다!

"자, 가자!"

저스티스는 밴스에게 화답했다. 그는 수영장 밖으로 기어 나와 다이빙대까지 밴스와 앞서거니 뒤서거니 하며 달렸다. 두 발이 공중에 뜬 것처럼 빨랐다. 저스티스는 해냈다고 소리치면서 껑충껑충 뛰고 싶었다.

두 소년은 수심이 깊은 수영장 쪽으로 엄마가 오실 때까지 몇 번을 더 다이빙했다.

"이제 갈 시간이야, 우리 아들. 저녁도 먹어야 되고 엄마는 내일 일하러 나갈 준비도 해야 되고."

엄마가 말씀하셨다. 저스티스는 마지못해 수영장 가장자

리로 왔다.

"밴, 넌 더 있을 거야? 수영장이 텅텅 비었어."

그는 친구에게 물었다.

"응, 난 더 있다가 집에 갈 거야."

밴스는 저스티스의 눈을 보지도 않고 대답했다. 그는 수심이 깊은 수영장 가장자리에서 계속 장난을 치고 있었다.

"아빠는 어디 계셔?"

저스티스는 밴스의 엄마를 언급하지 않으려고 조심하면서 계속 물었다. 밴스네 엄마는 작년에 밴쿠버로 떠나 버리셨다.

"몰라. 집에 계시겠지."

밴스는 애매하게 대답했다. 그러더니 갑자기 조용해졌다.

'쉬지 않고 떠들던 꼬마는 어디로 간 거야?'

저스티스는 어리둥절했다. 저스티스는 밴스를 수영장에 혼자 남겨 두려니 기분이 묘해졌다.

"우리랑 같이 걸어서 집에 갈래?"

저스티스는 별생각 없이 물었다. 그는 주변을 둘러보면서 엄마가 도와주기를 바랐다. 하지만 엄마는 벌써 탈의실로 가고 있던 중이라 잠깐 눈만 마주쳤다.

'나도 옷을 갈아입나 확인하시는 거지.'

저스티스는 생각했다.

"그래, 좋아."

밴스는 어깨를 으쓱했다. 그러고는 수영장 가장자리까지 헤엄쳐 오더니 밖으로 올라왔다.

밴스와 서로 밀치고 장난치면서 탈의실까지 가던 저스티스는 순간 자기 눈을 믿을 수가 없었다. 수영장 건물 통유리문 밖에 트레이와 다른 남자아이들이 있는 것이었다! 나를 뒤따라온 걸까? 저스티스는 멈춰 서서 아이들을 노려보았다. 아니었다. 아이들은 그냥 수영장 건물 한쪽에서 놀고 있는 듯했다.

'저 녀석들이 한판 붙으려는 걸까?'

저스티스는 아이들이 무슨 일을 저지르려는 건지 알 수가 없었다.

밴스의 아빠

네 사람이 다 같이 웨트모어 거리를 따라 집으로 걷다 보니, 저스티스의 엄마는 아이들이 한눈팔지 않고 함께 걷도록 챙기는 게 쉽지 않았다.

'아까 수영장까지 그렇게 빨리 갔던 게 이상하네.'

저스티스는 생각했다. 밴스가 또다시 원숭이처럼 떠들어 대서 그 생각을 길게 하진 못했다.

"그때 나도 숍 앤드 고에 갔었거든."

밴스가 이야기를 시작했다. 저스티스의 심장이 거의 멎을 뻔했다.

'어제 말이야? 밴스도 나를 괴롭혔던 아이들을 만났던 건가?'

"뭐……? 가게에 언제 갔는데?"

저스티스가 말을 잘랐다.

"어제, 토머스랑. 숍 앤드 고에 갔거든. 트레이가 거기 있더라고."

저스티스는 숨이 가빠지면서 밴스를 멍하니 쳐다보았다.

"알지? 트레이?"

밴스는 의아한 얼굴로 저스티스를 쳐다보았다.

"응, 트레이……."

저스티스는 말을 하면서도 마음이 요동치고 있었다. 밴스는 아랑곳하지 않고 계속 말했다.

"나는 감초 한 다발을 샀고 토머스는 과자 살 돈도 있어서 과자까지 샀어. 그런 다음에 우린 토머스네 집으로 갔어. 걔네 집에 진짜 재밌는 게임기가 있잖아, 알지? 카 크래시 게임을 같이 했는데 나는 한 판도 못 이겼어. 하루 종일 게임을 한다 해도 너 역시 토머스를 못 이길 거야."

밴스는 말을 잠시 멈추더니 저스티스에게 물었다.

"알지?"

그러고는 저스티스를 바라보았다.

"그래."

저스티스는 고개를 끄덕였다. 밴스에게 트레이에 대해 물어보는 게 정말 싫으면서도 또 너무나 물어보고 싶었다.

두 사람은 밴스네 집에 도착했다.

"내일 봐, 저스."

밴스는 현관으로 들어가며 크게 말했다. 저녁 해가 아직 저물지 않았는데도 밴스네 집은 컴컴해 보였다.

'밴스 아버지가 집에 안 계신 건가?'

저스티스는 어리둥절했다. 그 생각을 미처 더하기도 전에 컴컴한 집 안에서 남자가 지르는 소리가 들렸다.

"어디 갔었어?"

밴스네 아버지인가? 저스티스는 충격을 받아 당황했다. 평소에 친절하게 말씀하시던 아저씨 목소리와 너무 달랐다. 저스티스와 엄마와 채리티는 아무 말도 못 하고 서로 바라보기만 했다. 밴스가 우물거리며 대답하는데 말을 제대로 못 맺는 게 들렸다.

"어딜 네 마음대로!"

아저씨는 거의 비명 지르듯 목청을 높였다.

"저걸 그냥……."

나머지 뒷부분은 버스가 덜컹거리며 지나가는 바람에 소리가 묻혔다. 그러자 집이 조용해지더니, 갑자기 텔레비전 소리만 요란하게 들렸다.

"우린 집으로 가야겠구나."

엄마가 말했다. 밴스네 집을 바라보는 엄마의 목소리가 조금 떨렸다.

집으로 오는 길에 세 사람은 아무 말이 없었다. 채리티도 기분이 가라앉아 보였다. 저스티스가 보니 채리티는 입술을 깨물고 있었다.

집으로 돌아온 저스티스는 욕실에 젖은 수영복을 걸면서 엄마가 통화하시는 소리를 들었다.

"아니, 그 아이는 울지 않더라고. 하지만 소리 지르는 걸 들었어."

엄마는 계속해서 말했다.

'밴스에 대해 말씀하고 계신 걸까?'

엄마는 잠시 상대편이 하는 얘기를 가만히 듣고 계셨다.

"그래, 헤럴드라면 그럴 만도 하지."

엄마는 상대방 말에 동의했다. 헤럴드는 밴스 아빠의 이름이었다.

"우리가 베티에게 전화를 해야 할까 봐."

저스티스는 베티가 누구인지 궁금했다.

"그래, 내가 할게."

엄마는 무언가 결심을 한 듯 보였다.

"지난주에 네가 본 걸 내가 베티에게 말해도 될까?"

엄마는 답을 기다리며 침묵하더니 다시 이야기했다.

"좋아, 하지만 나는 **네가** 그렇게 했으면 좋겠어."

저스티스는 가슴이 두근거렸다.

'뭐지? 전화 받은 사람이 지난주에 봤다는 건 무슨 일이

지? 내가 모르는 일이 이렇게 많이 일어나고 있었단 말이야?'

엄마가 잘 있으라고 말씀하시며 전화를 끊는 동안, 저스티스는 바쁜 척하는 편이 낫겠다고 생각했다. 엄마가 사적으로 하는 대화를 귀담아 들어서는 안 되기 때문이다.

엄마는 저스티스가 가방에서 다른 수건을 하나 더 꺼내려고 할 때 갑자기 계단에 나타나셨다.

"아직도 젖은 옷들을 널고 있는 거야?"

엄마가 놀리셨다.

"수영하고 나더니 확실히 가기 전보다 동작이 느리구나!"

저스티스는 재빨리 엄마 얼굴을 슬쩍 봤는데 엄마는 웃고 계셨다. 안심이 되었다.

"내려오렴, 저녁 차리는 것 좀 도와줘."

저녁 식사는 달걀 스크램블과 토스트였다. 가족 모두가 물에서 오후를 보내 배가 고팠다. 달걀은 가장 빨리 만들 수 있는 음식이었다. 함께 저녁을 먹으면서 채리티는 수도 없이 질문을 해 댔다.

"저스티스, 밴스네 아빠 좋은 분이시잖아? 왜 그렇게 화가 난 거야? 만날 그렇게 소리 질러? 비열한 사람 같았어."

비열한은 엄마와 달리 목소리를 높이는 사람들에게 채리티가 하는 말이었다. 엄마는 항상 부드럽게 말씀하셨으니까. 다른 사람들이 있을 때면 더욱 부드럽게 말씀하셨다.

"괜찮으신 분이야."

저스티스는 뭐라고 말해야 할지 몰랐다. 밴스네 아빠가 아까처럼 그렇게 소리 지르는 건 들어본 적이 없었다. 언제나 정말 좋은 분처럼 보였다. 자전거 바퀴에서 체인이 흘러내렸을 때 저스티스를 도와주시기도 했던 분이다.

"어휴, 그분 근처에는 가기도 싫어."

채리티가 단호하게 말했다. 그러고는 잠시 동안 저녁상에 어색한 침묵이 흘렀다.

"있잖아, 오늘 수영장에서 귀에 물이 들어갔어."

저스티스는 갑자기 말을 꺼냈다.

"그래서 지금 그렇게 동작이 느려졌나 보구나. 네 머릿속에 물이 들어간 거지."

엄마는 저스티스를 놀리더니, 채리티가 제일 좋아하는 학교 얘기를 꺼냈다.

"그래, 너희가 해야 한다는 그 과제에 대한 얘기를 좀 더 해 주렴."

엄마는 부드럽게 말머리를 돌렸다. 그러자 채리티는 청산유수로 떠들기 시작했다. 저스티스는 채리티의 목소리가 여전히 귓전에 울리는 밴스 아빠의 고함 소리 위로 겹쳐지게 내버려 두었다.

채리티답지 않은 행동

"저스! 채어! 아침 먹어라! 일어나야지!"

엄마가 계단 아래에서 부르셨다. 저스티스는 마지못해 일어나 청바지와 티셔츠에 몸을 쑤셔 넣고 여전히 침대 위에서 퍼져 있었다. 왜 평일이면 일어나는 게 더 힘들까? 채리티가 춤추면서 방 안으로 들어올 때 저스티스는 여전히 하품을 하고 있었다.

"이것 봐, 저스! 엄마가 머리를 땋아 주셨어! 봐, 봐!"

채리티는 저스티스가 잘 볼 수 있도록 침실을 빙빙 돌았다. 채리티가 들뜬 목소리로 소리쳤다.

"그래, 멋지네."

저스티스는 별 느낌 없이 말했다. 그냥 곱슬머리일 뿐이었다. 여자아이들은 왜 저렇게 외모에 빠져 살까?

"아, 난 머리 땋는 게 **정말 좋아!**"

채리티가 뛰쳐나가며 소리쳤다.

아이들이 아침을 먹는 동안 엄마는 주방에서 점심 도시락을 쌌다.

"학교 끝나고 집에 오면 버거에 넣게 토마토 좀 잘라 둘 수 있겠니?"

엄마가 물었다.

"좋아요, 엄마."

채리티가 바로 대답했다. 채리티가 기분이 좋으면 모든 사람과 사물 들의 분위기도 덩달아 밝아졌다.

저스티스는 말없이 토스트를 우물거렸다. 엄마와 채리티는 계속 이야기를 했다. 엄마는 결국 출근 시간이 다 되자 뛰어가야겠다고 말씀하셨다. 엄마는 유색인 건강센터협회에서 일하시는데, 아침 8시까지 출근하셔야 했다.

"오늘도 착하게 지내야 한다. 문 잠그는 거 잊지 말고. 사랑해, 얘들아."

엄마는 아침마다 하시는 말씀을 오늘도 하셨다. 엄마가 저스티스에게 뽀뽀를 하기 위해 다가오자 저스티스는 뺨을 내밀었다. 엄마는 저스티스를 끌어안으면서 볼을 비빈 뒤 큭큭 웃으면서 머리를 흔들었다.

"5시 반에 보자꾸나."

"다녀오세요, 엄마! 좋은 하루 되세요!"

채리티가 계단을 반쯤 올라가다가 말했다.

저스티스는 엄마가 서둘러 골목길을 내려가 유색인협회 쪽으로 도는 모습을 지켜보았다. 엄마는 길을 건너면서 두 팔로 몸을 감싸며 재킷을 더 바싹 여미셨다.

'오늘 날씨가 어제보다 추운 거야. 겨울이 오고 있군.'

그는 생각했다.

저스티스와 채리티는 거의 한 시간이 지난 뒤에야 가방을 메고 집을 나섰다.

"저스티스, 저 애 밴스 아냐?"

채리티가 말했다.

"밴스! 기다려!"

저스티스가 불렀지만 밴스는 못 들은 듯했다.

"밴스! 기다리라고!"

저스티스가 더 크게 불렀다. 저스티스는 마침내 밴스를 따라잡고 반갑게 인사했다.

"밴스!"

"안녕?"

밴스도 저스티스에게 인사를 했다. 저스티스는 갑자기 불편한 기분이 들었다.

"밖이 춥다, 그치?"

저스티스는 어색하게 말했다.

"응."

밴스는 쳐다보지도 않은 채 대답했다. 저스티스는 밴스의 얇은 봄 코트가 반만 잠겨 있는 걸 보았다. 단추 절반이 어딘가로 사라지고 없었다.

'밴스는 정말 춥겠구나.'

둘은 맥태비시 학교 운동장까지 걸으면서 아무 말도 없었다.

"벤, 어제 수영장에서 진짜 재밌었어."

저스티스가 말했다.

"응."

밴스가 철봉이 있는 쪽으로 달리면서 대답했다. 밴스가 벗어 던진 가방은 학교 담장에 부딪혔다. 밴스는 가로로 길게 놓인 막대 한쪽 끝에 올라서서, 몸을 쉽게 빙글빙글 돌리며 정글짐의 차가운 철 막대들을 타고 올라갔다. 저스티스는 밴스가 사람이 아닌 원숭이처럼 보였다. 그는 밴스를 잠시 동안 바라보다가 노는 것보다는 자신과 얘기하고 싶어 하는 다른 친구를 찾아보자고 마음먹었다.

아침은 빠르게 지나갔다. 곧 있을 파자마 파티를 알리는 공지가 나오자 교실 안에는 살짝 흥분이 일었다. 저스티스는 집에선 팬티만 입고 자는데 학교 파자마 데이에는 뭘 입어야 할지 고민이 됐다. 하지만 너무 걱정하지는 않았다.

어쨌거나 학교 행사에 적응할 만큼 나이를 먹었다.

점심시간 시작 종이 울리자 저스티스는 채리티가 코트를 입은 채 교문으로 가는 걸 보았다. 채리티는 단짝 데니와 함께 있었다. 저스티스는 채리티를 불렀다.

"채리티! 어디 가는 거야?"

"우린 아동 급식소로 갈 거야. 이따 봐."

채리티는 으스대며 대답했다.

"아동 급식소? 하지만 우린 도시락을 싸 왔잖아."

저스티스가 계속 말했다. 엄마 말씀을 이런 식으로 거역하는 건 채리티답지 않았다.

'친구 때문에 실제보다 더 어른처럼 행동하려는 걸까?'

저스티스는 의아했다.

"알아, 하지만 데니가 가고 싶어 하니까 갈 거야."

채리티는 대화를 끊으면서 돌아섰다. 저스티스는 채리티가 아동 급식소에 가는 일에 그다지 떳떳하지 못해서 계속 얘기하고 싶어 하지 않는다고 생각했다.

'얘기하다 마음이 바뀔까 봐 걱정된 게 아닐까?'

저스티스는 생각했다.

저스티스는 채리티와 말다툼을 하고 싶지 않았다. 하지만 엄마라면 채리티가 밖에 나가는 걸 바라지 않으실 거라 생각했다. 아동 급식소는 동네 아이들을 위한 무료 급식 프로그램이었다. 하지만 걸어가기에 너무 멀었고, 엄마는 쌍둥이가 학교 건물 밖으로 나가지 않기를 바라셨다. 엄마는 몇 가지 이유로 아동 급식소가 집에 먹을 것이 넉넉하지 않은 아이들만을 위한 곳이라 생각하시는 듯했다. 작년에 한 번 저스티스가 아동 급식소에 가자 엄마는 크게 화를 내셨다. 저스티스는 생각했다.

'음, 지금 채리티는 그때의 나보다 딱 한 살을 더 먹었지. 그러니 어쩌면 엄마가 크게 신경 안 쓰실지도 몰라.'

저스티스는 밴스와 다른 많은 아이들도 우르르 그 쪽으로 가는 걸 보았다.

여전히 뭔가 흔쾌하지 않은 기분이 샌드위치를 먹는 내내 저스티스를 괴롭혔다. 유일하게 마음에 드는 일은 지미가 학교에 남아서 함께 점심을 먹은 것이다. 둘은 다음에 수영

51

장에 같이 한번 가자고 얘기했다. 지미도 높은 다이빙대에서는 다이빙을 해 본 적이 없었다. 저스티스는 생각했다.

'지미는 밴스랑 같이 가야 해. 그러면 높은 다이빙대에서 뛰어내리게 될 거야!'

휴게실은 시끄러웠다. 특히 저학년들이 떠들면서 깔깔대니 더 소란스러웠다. 저스티스는 속으로 혼자 불평했다.

'나도 아동 급식소에 갔어야 했던 건가? 여기 휴게실에 앉아서 저학년들 보모처럼 같이 도시락을 먹기엔 나도 나이가 많아졌잖아.'

얼굴에 생긴 상처

오후 수업을 시작할 때쯤 저스티스는 뭔가 잘못되었다는 걸 알았다. 채리티가 아동 급식소에서 돌아오지 않은 것이다. 수업에 지각하는 건 채리티답지 않은 일이다. 담임 선생님인 윌슨 선생님은 출석을 부르다가 저스티스를 흘낏 바라보더니 물으셨다.

"채리티가 어디 있는지 아니?"

저스티스는 뭐라 말해야 할지 몰랐다. 채리티가 지금 어디에 있는지 확실히는 몰랐지만 그럴듯한 대답이 떠올랐다.

"음, 채리티는……. 에……, 아동 급식소에 점심을 먹으러 갔어요."

저스티스는 우물거리며 대답했다.

"저런, 넌 안 갔니?"

윌슨 선생님은 놀라셨다.

"안 갔어요."

저스티스는 뭔가 더 말하려고 했지만 반 아이들 모두가 쳐다보고 있었다. 그는 윌슨 선생님이 계속 더 물어보시기를 기다렸다. 하지만 윌슨 선생님은 계속 출석을 부르셨다.

"빌리? 오늘 아침 여기 있었는데. 재닛, 넌 있구나."

윌슨 선생님은 출석부를 탁 소리를 내며 덮었다.

"좋아, 이게 전부군."

출석부를 교무실에 보내자마자 교장 선생님의 비서인 립스위치 선생님으로부터 인터폰이 왔다.

"실례합니다. 윌슨 선생님?"

"네?"

선생님은 낡은 인터폰 시스템으로 잘 들리게 목소리를

높였다.

"저스티스 스토니플레인이 교실에 있나요? 여기 출석했다고 표시하셨는데 채리티가 표시가 안 되어 있네요."

지직대는 인터폰 소리가 계속 이어졌다.

"네, 저스티스는 있는데 채리티가 없습니다."

윌슨 선생님이 확인해 주었다.

"알겠습니다. 고맙습니다."

립스위치 선생님이 대답하셨다.

저스티스는 채리티가 어디 있는지 궁금해서 수학 수업에 집중할 수가 없었다. 그러나 아까 대답하고 싶었는데 윌슨 선생님이 물어보시지 않아서 못했던 얘기를 곧 하게 되었다. 립스위치 선생님이 다시 인터폰을 했기 때문이다.

"자꾸 방해해서 죄송합니다. 윌슨 선생님, 저스티스를 교무실로 좀 보내 주실 수 있을까요?"

"네, 지금 보낼게요."

윌슨 선생님은 대답하면서 손으로 교실문을 가리켰다.

"어서 가 봐라, 저스티스."

저스티스가 교실문을 쾅 닫고 나오는데 온몸이 땀으로 범벅이 되었다.

'이건 틀림없이 채리티 때문일 거야.'

그는 생각했다. 심장이 뛰는 소리가 저스티스 귀에까지 들렸다. 얼른 교무실에 갔다.

"베이커 교장 선생님이 널 기다리고 있단다, 저스티스."

립스위치 선생님은 손으로 계속 컴퓨터 작업을 하면서 고갯짓으로 교장실을 슬쩍 가리켰다.

"똑똑 두드리고 들어가면 돼."

저스티스는 교장실 문을 두드린 뒤 가만히 열었다.

"들어오너라, 저스티스."

베이커 교장 선생님이 말씀하셨다. 회의 탁자에 두 사람이 앉아 있었다. 한 사람은 창백하게 주눅이 든 데니였고, 다른 사람은 채리티였다. 채리티는 오른쪽 얼굴을 누가 할퀴었는지 두 뺨이 아직도 눈물에 젖어 있었다. 두 눈은 부어 있었다. 제법 오래 울었던 게 틀림없었다.

"채리티?"

저스티스는 엉겁결에 채리티를 부르는데 목소리가 떨렸다. 채리티는 아무 말 없이 다시 눈물을 흘리기 시작했다.

베이커 교장 선생님은 이야기를 시작하셨다.

"저스티스, 오늘 무슨 일이 있었는지 알고 있니?"

"모르는데요."

저스티스는 작은 소리로 대답하면서 마음이 혼란스러웠다.

'대체 무슨 일이 있었던 거야?'

베이커 선생님은 계속 말씀을 이어 가셨다.

"채리티와 데니가 무료 급식소에서 말썽이 좀 있었다는구나. 그 일에 대해서 뭐 알고 있는 게 없니?"

저스티스는 죄책감에 가슴이 꽉 막혔다. 채리티가 거기 가도록 그냥 두면 안 됐었다. 하지만 나는 채리티에게 가지 말라고 화를 내지 않았나. 채리티는 왜 무료 급식소에 가야 했을까?

"아니오, 저는 거기에 없었어요."

저스티스가 말했다. 그때 서무 담당 선생님인 파얀 선생님이 교장실 문을 열고 말했다.

"자, 채리티. 이 얼음주머니를 얼굴에 대고 있거라. 따끔거리는 게 한결 나아질 거야."

"고맙습니다."

채리티가 우물거리며 대답했다.

"그래, 채리티. 무슨 일이 있었는지 다시 말해 보렴."

교장 선생님이 말씀을 다시 시작하셨다.

"우리가 무료 급식소에서 나올 때 걔네가 우리를 괴롭히기 시작했어요."

채리티는 얼음주머니로 뺨을 누르면서 침착하게 말했다.

"우리는 아무 짓도 안 했는데 말이에요! 걔네는 아무 이유도 없이 그냥 채리티 욕을 하기 시작했어요!"

데니가 끼어들었다. 데니는 얼굴이 상기되어 벌떡 일어나더니 계속 말했다. 데니의 목소리가 점점 커졌다.

베이커 선생님은 진정하라는 듯 두 손을 앞으로 내밀고 막는 시늉을 하셨다.

"지금 나는 채리티 말을 듣고 싶구나. 넌 이미 다 얘기했잖니, 데니."

선생님은 데니에게 말씀하셨다. 그러고는 채리티 쪽을 다시 돌아보셨다.

"계속 얘기해 보렴."

채리티는 숨을 크게 들이쉰 뒤 어깨를 푹 내리면서 크게 내쉬었다. 그녀는 침을 꿀꺽 삼켰다.

"그래서 우리가 학교로 다시 돌아오려고 하는데 걔네가 저를 욕하고 우리를 밀치면서 둘러싸기 시작했어요."

채리티는 아랫입술을 떨었다.

"그래서 데니가 걔네한테 그러지 말라고 계속 말하는데, 한 아이가 저를 밀어서 넘어뜨렸어요. 그래서……. 그다음에……."

채리티는 말을 더듬으며 울먹이기 시작했다.

"그래서 얼굴에 할퀸 상처가 났어요."

채리티는 얼른 이야기를 마무리했다.

"그 아이들 중에 누구 아는 아이가 있었니?"

교장 선생님은 말씀하셨다.

"아니오."

채리티가 선생님의 눈길을 피하면서 대답했다. 저스티스는 채리티가 거짓말하고 있다는 걸 금방 알아차렸다. 그는 충격으로 어이가 없었다.

'왜 학교에서 교장 선생님한테 거짓말을 하는 거지? 채리티는 원래 저런 애가 아니잖아!'

교장 선생님은 채리티가 뭔가 얘기를 다 안 하고 있다는 걸 알아차리신 게 틀림없었다. 교장 선생님은 계속 물어보셨다.

"그중에 아는 얼굴이 한 명도 없었니? 돌아다니다가 어디선가 그 아이들을 봤을지도 모르잖아. 그 애들이 우리 학교에 안 다닌다고 해도 말이야."

"아니에요, 모르는 애들이에요."

채리티가 대답했다.

저스티스는 혼란스러웠다. 사실대로 말하고 싶지 않은 그럴 만한 이유가 있겠지만, 저스티스는 채리티가 틀림없이 그 아이들이 누구인지 베이커 선생님께 말씀드리는 게 두려

워서 저런다는 생각이 들었다.

"가넷 학교 아이들일지도 모르지?"

교장 선생님은 도움을 주려는 투로 말씀하셨다. 선생님은 쉽게 물러서지 않으셨다.

"그래도 그 아이들이 우리 학교 쪽으로 걷고 있었다는 건 정말 이상한 일이야, 그렇지 않니?"

어색한 침묵이 흘렀다. 저스티스는 그 불편한 침묵을 견딜 수가 없었다.

"채어, 괜찮아?"

"응."

채리티는 여전히 떨리는 목소리로 대답했다. 저스티스는 채리티가 **괜찮지 않다**는 걸 알았지만, 채리티는 교장 선생님 앞에서는 어떤 얘기도 더하고 싶어 하지 않았다.

교장 선생님은 대화를 마치기로 결심하신 듯 보였다.

"데니, 넌 지금 교실로 돌아가도 좋아. 저스티스, 너랑 채리티는 몇 분 더 있다가 채리티 기분이 좀 나아지면 교실로 돌아가거라."

선생님은 말씀하셨다.

"그럴게요, 고맙습니다. 베이커 선생님."

저스티스는 대답했다.

교장 선생님은 문을 열어 둔 채 밖으로 나가서 비서인 립스위치 선생님에게 말씀하셨다.

"워니축 선생님네 반에 좀 올라가 볼게요. 그 반에도 없어진 아이들이 몇 명 있나 봐요."

저스티스는 채리티 옆에 있는 의자에 몸을 파묻고 앉았다.

"정말 괜찮아, 채어?"

저스티스는 채리티의 어깨에 부드럽게 손을 얹으면서 물었다.

"아니."

채리티의 목소리가 흐느끼는 듯해서 보니 채리티는 탁자 위에 엎드려 고개를 숙이고 있었다. 저스티스는 채리티가 가만히 우는 동안 몇 분 더 기다렸다. 숨소리가 진정되더니 채리티는 고개를 들고 얼음주머니를 다시 뺨에 갖다 대었다.

"무슨 일이었어? 사실대로 말해 봐."

저스티스가 물었다.

"나중에 얘기해 줄게."

채리티는 열려 있는 교장실 문 밖으로 립스위치 선생님이 통화하고 있는 것을 흘낏 보면서 이렇게만 말했다.

두 사람은 아무 말 없이 잠시 동안 앉아 있었다. 그러다 채리티가 자리에서 일어났다. 그러고는 우울하게 가라앉은 목소리로 말했다.

"교실로 가자."

저스티스는 수만 가지 질문들을 떠올렸지만 아무 말하지 않고 채리티의 뒤를 따랐다. 교장실 문을 나서서 계단까지 왔을 때 저스티스는 다시 물어보았다.

"진짜로 무슨 일이었어?"

"오, 저스, 토요일에 길에서 만났던 트레이랑 그 무리들이 었어!"

채리티는 날카로운 목소리로 속삭이기 시작했다.

"걔네 전부가 우리를 빙 둘러싸고 내 욕을 하기 시작했는데, 범생이 오빠가 날 도울 수 없다고 말하고는, 그리고……. 그다음에…….”

채리티가 말을 얼버무리더니 저스티스에게 물었다.

“걔네는 너한테 왜 그러는 거야?”

“나도 몰라. 하지만 이런 짓을 했으니 대가를 치러야지!”

저스티스는 이를 악물고 내뱉었다. 그러고는 교실 문을 열었다.

남은 오후 시간이 느릿느릿 지나갔다. 저스티스는 학교 수업에 집중할 수가 없었다. 여동생이 협박을 받고 다쳤는데, 캐나다 각 주의 행정 도시가 어디이며 인구가 얼마인지 공부하는 건 의미 없다고 느껴졌다. 그 일이 떠오를 때마다 피가 끓었다.

거짓말하고 싶지는 않지만

학교가 끝나고 집으로 돌아오자 저스티스와 채리티는
기운이 다 빠졌다. 오후가 너무 길었다. 채리티는 쉬는 시간
이면 친구들에게 무슨 일이 있었는지 설명하느라 바빴다. 진
짜 이야기는 하나도 하지 않으면서 말이다. 저스티스는 계
속 반복되는 그 이야기를 듣지 않으려고 애쓰면서 보냈다.

"엄마한테는 뭐라고 말할 거야?"

저스티스는 찬장에서 과자 상자를 꺼내 내려놓으며 채리
티에게 물었다.

"몰라. 내가 무료 급식소에 갔다는 걸 알면 엄청 화내실 걸."

"엄마한테는 제대로 얘기하는 편이 나아. 얼굴에 난 상처를 보실 거 아냐."

저스티스가 지적했다.

"무슨 일이 있었는지 엄마에겐 제대로 말해야 할지도 모르지."

채리티가 말했다.

"하긴 넘어졌다고 말하는 편이 나을지도 모르겠다. 엄마는 트레이 엄마나 빌리 엄마에게 전화하려 하실지도 모르잖아. 너는 엄마가 걔네들을 야단맞게 만들어서 일이 더 꼬이기를 바라지 않는 거고."

저스티스의 제안에 채리티는 생각에 잠겨 말했다.

"축구 하다가 누가 밀쳐서 넘어졌다고 말하면 될 거야. 누가 민 건 사실이잖아."

"좋은 생각이야."

그러나 직장에서 일을 마치고 집으로 돌아오신 엄마는

이미 다 아시는 듯한 얼굴이었다. 저스티스와 채리티는 아무것도 설명할 필요가 없었다. 엄마는 채리티가 뒹굴면서 텔레비전을 보고 있는 소파 쪽으로 급히 다가가서 코트도 벗지 않은 채 채리티 곁에 앉으셨다.

"채어, 오늘 무슨 일이었던 거야? 얼굴 좀 보자."

엄마는 엄격한 목소리로 말씀하셨다.

"아무 일도 아니었어요, 엄마. 그냥 넘어진 거예요. 이제 괜찮아요."

채리티는 엄마의 엄한 눈길을 피했다.

"베이커 선생님이 전화하시기 전까지는 아픈 줄 알고 걱정했단다. 선생님은 네가 무료 급식소에서 돌아오는 길에 몇몇 아이들과 싸웠다고 말씀하시더구나."

엄마는 잠시 말씀을 멈추고 대답을 기다리셨다. 그러자 채리티가 이야기하기 시작했다.

"엄마, 난 그냥 거기 한 번 가 보고 싶었던 것뿐이에요. 데니가 늘 무료 급식소에 가는데, 정말 재미있다고 얘기했거든요."

채리티의 눈동자는 엄마에게 사정하고 있었다.

"채어. 엄마도 네가 가끔은 친구들과 무료 급식소에 가고 싶어 한다는 걸 알아. 하지만 엄마는 네가 학교에서 점심을 먹는 게 더 안전하다고 생각할 뿐이야. 예전에도 이 얘기를 하지 않았니? 이제는 너도 엄마가 왜 그렇게 생각하는지 알 거라고 본다."

엄마는 말씀을 멈추셨다.

"이제 다시는 가지 않을게요."

채리티가 말했다. 저스티스도 오늘 이후 채리티가 또 가고 싶어 할 거란 생각은 들지 않았다.

엄마는 한숨을 쉬었다.

"넌 거기 갈 필요가 없지, 우리 딸. 우리 집은 매일 점심이 충분하잖아. 그리고 나는 너희가 너희를 보살펴 줄 어른이 있다는 걸 알았으면 좋겠구나. 너희는 겨우 열 살이야, 알겠니?"

겨우 열 살. 저스티스는 뒤돌아 텔레비전을 보면서도 마음이 복잡했다.

'제가 **겨우 열** 살일지는 모르지만 스스로 할 수 있다고요. 제 여동생도 마찬가지예요!'

저스티스는 속으로만 대답했다. 텔레비전 화면 속 만화 영화 장면들이 마음속에서 아이들이 여동생에게 몰려드는 장면으로 바뀌면서 저스티스는 다시 숨이 가빠지고 심장이 방망이질 쳤다.

'**다음엔 내가 가야겠어.**'

그는 맹세했다.

그날 저녁 늦게 집 전화가 울렸다. 채리티는 평소처럼 달·려가 받았다.

"여보세요, 코쿰!"

그녀는 밝게 말했다. 저스티스는 귀를 쫑긋 세우고 채리티의 말을 들으면서 무슨 대화인지 알아내려고 애썼다.

"네, 학교는 잘 다녀요. 진짜 멋진 과제를 하고 있어요."

채리티는 전화기에 대고 계속 말했다.

"저는 토론토에 대한 얘기를 쓰고 있어요!"

할머니가 말씀하시는 잠시 동안 채리티는 말이 없었다.

"네! 항상 최선을 다하고 있어요."

채리티는 자랑스럽게 말했다. 그리고 다시 할머니가 하시는 말씀을 들었다.

"예, 저스도 바로 옆에 있어요."

채리티는 수화기를 저스티스에게 넘겼다.

"코쿰이 오빠랑 인사하고 싶어하서."

"여보세요? 코쿰!"

저스티스는 수화기에 대고 말했다.

"저스티스! 우리 손자, 잘 지내니?"

저스티스는 할머니 목소리에서 미소를 느낄 수 있었다. 그는 할머니가 외갓집 주방 옆 작은 방 탁자 앞에 앉아 계신 모습을 그려 봤다. 그는 할머니가 앉아 계신 창밖으로 펼쳐질 장면이 눈에 선했다. 오늘 할머니가 구우셨을 배넉 (스콘과 비슷한 맛이 나는 캐나다 빵) 냄새도 나는 듯했다.

"잘 지내요. 코쿰과 무슘은 어때요?"

저스티스는 대답했다.

코쿰은 호호 웃으며 대답했다.

"오, 네 무슘은 스노모빌(앞바퀴 자리에 스키가 부착된 일이 인승 자동차) 모터를 손질하느라 손에 기름을 잔뜩 묻히고 바깥 창고에 계시지. 이번 겨울 내내 고장 없이 작동할 거라고 장담하시는구나."

저스티스는 웃었다.

"와, 그럼 그건 처음 일어나는 일이 되겠는데요!"

"우리 손주들은 언제 할머니 할아버지를 보러 오련?"

"모르겠어요. 엄마한테 물어볼게요."

저스티스가 엄마를 돌아보니, 엄마는 팬에 머핀 가루를 섞고 계셨다.

"엄마, 코쿰이 우리 언제 오는지 물어보시는데요."

"엄마가 할머니랑 얘기하게 해 줄래?"

엄마가 대답했다. 저스티스는 두 분의 얘기가 끝나기를 기다리면서 어슬렁거렸다. 엄마는 손을 닦은 뒤 전화기를 받아 들고서 말했다.

"여보세요? 엄마, 저예요. 네, 안 그래도 곧 가 보려고 생각 중이었어요. 이번에는 눈보라가 오기 전에 거기로 출발하려고요."

엄마는 잠시 말씀을 멈추셨다.

"그 애가 왔어요? 어때요?"

그리고 엄마와 코쿰은 저스티스가 모르는, 엄마가 어릴 때 보호 구역에서 함께 살았던 사람들에 대한 이야기를 하면서 계속 통화를 하셨다.

저스티스는 두 여성분이 얼마간 수다스럽게 이야기하실 거라는 걸 알았다. 그래서 다시 자리로 돌아와 텔레비전을 보면서 가족들이 다시 모일 날짜가 정해지기를 초조하게 기다렸다.

'내가 만약 코쿰이랑 무슘과 같이 보호 구역에서 산다면 매사가 훨씬 더 쉬워질 텐데.'

정면 대결

다음 날 아침 7시 저스티스는 엄마가 다들 일어나라고 부르시는 소리를 들으며 깊은 잠에서 겨우 깨어났다. 어제 무료 급식소에서 채리티에게 일어났던 일이 강물처럼 저스티스를 덮치며 떠올랐다. 저스티스는 급류에 휩쓸렸다. 저스티스는 오늘 하루를 맞이할 수 있겠다는 느낌이 들 때까지 몇 분간 더 침대에 누워 있었다. 저스티스는 채리티를 돕기 위해 뭘 해야 할지 알 수가 없었다. 그러나 어떤 식으로든 채리티를 보호해야 한다는 건 알고 있었다.

엄마는 평소 아침처럼 명랑하셨으나 기운이 없어 보였다. 눈빛이 흐린 건 아침에 막 일어나서 그렇다 해도, 얼굴에 서려 있는 근심까지 감출 수는 없었다. 평소에는 미소가 가득했던 엄마의 입가가 굳어 있었다.

채리티는 조용히 주방으로 들어왔다. 평소처럼 깡충대며 걷진 않지만 학교 갈 준비는 다 마친 듯 보였다. 저스티스는 다시 한 번 화가 났다. 그는 생각했다.

'걔네가 우리한테 감히 이럴 수는 없는 거야! 꼭 갚아 주겠어!'

엄마는 말씀하셨다.

"채리티, 그 아이들이 누군지 엄마는 모르지만 걔네하고 떨어져서 지냈으면 좋겠구나. 그 아이들이 무슨 말썽을 부리건 그건 그 아이들 문제지, 네 문제가 아니잖아."

그건 엄마의 철학이었다. 네가 도울 수 없는 일이라면 다른 사람의 문제를 네 문제로 만들지 마라! 엄마는 평화주의자였다. 저스티스는 그게 과연 언제나 정답인 것인지는 알수 없었다. 엄마는 그 아이들이랑 학교에서 함께 지낼 필요가 없다. 물론 엄마는 그들 중 몇몇이 채리티와 저스티스랑 같은 학교에 다닌다는 걸 모르신다. 사실 엄마는 이 일에 대해서 전부 다 알고 계신 게 아니었다. 채리티는 대부분을 말하지 않기로 마음먹었다.

"알아요, 엄마."

채리티 또한 평화주의자였다. 채리티는 엄마를 화나게 하고 싶지 않았다. 저스티스는 채리티가 그 아이들과 가급적 멀리하며 지낼 거란 걸 알았다.

'나는, 하지만 나는 우리 집의 남자야. 엄마와 채리티를 내 나름대로 돌봐 줘야만 한다고.'

채리티는 욕실 거울로 얼굴을 들여다보면서 끙끙댔다.

"**진짜 끔찍하네!** 엄마 화장품으로 할퀸 자국들을 좀 감춰야겠어."

"빨리 가자, 채어."

저스티스는 몇 분 기다리다 말했다. 그는 자기가 여자아이가 아니라는 게 기뻤다. 여자아이들은 자신이 어떻게 보

75

일까 늘 염려하니까. 저스티스는 채리티에게 학교에 늦겠다고 다그치자니 기분이 이상했다. 평소에는 늘 채리티가 자신을 재촉했는데……. 그는 시계를 쳐다보며 다시 말했다.

"이제 가야 돼."

오누이가 나란히 집 밖으로 나오자 차가운 공기가 두 사람의 재킷을 감쌌다. 저스티스는 장갑을 끼고 나올걸 싶었다. 저스티스가 말했다.

"눈이 올지도 모르겠어. 거리로 나가면 틀림없이 더 추울 거야."

채리티는 주변을 둘러보았다. 그러더니 무심하게 어깨를 으쓱하면서 말했다.

"어쩌면."

학교에 거의 다 오자 저스티스는 수업에 늦지 않은 게 기뻤다. 학교까지 뛰어왔는데도 두 발이 시렸다. 틀림없이 눈이 올 듯했다. 기왕 올 거면 많이 왔으면 좋겠다고 생각했다. 많이 오면 보호 구역에 갈 때마다 스노모빌을 탈 수 있다. 칙칙한 도시와 불량한 아이들을 뒤로 하고 무슙과 코쿰의 집이 있는 탁 트인 공간에서 자유를 느끼고 싶었다.

아이들은 파얀 선생님이 호루라기를 불 때까지 한곳에 모여 줄을 선 채 서로를 밀치고 있었다.

"자, 얘들아! 서로 밀지 말고."

선생님은 목소리를 높였다.

"누가 또 다치기 전에 제대로 줄을 서."

아이들은 대부분 선생님 말씀을 잘 들었다. 저스티스는 밴스와 장난치면서 서로 팔꿈치로 밀치다가, 트레이와 그의 친구들이 자기들 줄로 다가오는 것을 보았다. 트레이는 자주 보던 그 잘난 체하는 비웃음을 입가에 또 짓고 있었다. 저스티스는 다시 피가 끓는 것을 느꼈다. 다행히 종이 울렸고 저스티스네 줄은 앞으로 움직이기 시작했다.

아이들이 교실에 자리를 잡자, 저스티스는 다소 안도감을 느꼈다. 그는 윌슨 선생님을 정말 좋아했다. 윌슨 선생님의 언어 문화 수업에는 재미있는 활동이 많았는데, 오늘은 그게 첫 시간이었다. 아이들은 모험 소설을 읽고 각자 좋아하는 역할을 맡아서 연극을 했다. 저스티스는 연기를 별로 좋아하지 않았지만 밴스는 난파된 아이 역할을 훌륭하게 했다. 어찌나 훌륭한 연기였던지, 게다가 이야기도 아주 멋있었다. 저스티스는 밴스의 이야기 속 소년이 지난번 마지막 장면에서 어떻게 벗어나서 지금은 야생 동물과 함께 섬에 있는 것인지 의아해하면서 보았다.

쉬는 시간이 되자 윌슨 선생님은 교과서와 다른 자료들을 치우라고 하셨다. 저스티스는 **신이 났다.** 사람들이 황홀해할 만큼 멋지게 이야기하는 건 저스티스에게는 어려운 일이었다.

아이들과 운동장으로 몰려 나가면서 저스티스는 싱긋 웃었다. 날씨에 대한 예감이 맞았다. 운동장에 하얀 눈이 얇게 덮여 있었다.

'나도 무슈처럼 되는 거야. 좀 있으면 토끼몰이도 하게 될 거야.'

그는 자랑스럽게 생각했다.

저스티스는 무슈처럼 되는 모습을 그리다가, 누군가 어

깨를 세게 쳐서 밴스에게 거의 부딪힐 뻔하는 바람에 생각을 놓쳤다. 그는 뒤를 돌아보며 말했다.

"조심해."

하지만 뒤에 있는 사람이 다른 반에 새로 전학 온 여학생 첼시라는 걸 알게 되었다. 첼시는 저스티스가 아니라 어깨 너머로 다른 누군가를 뒤돌아보고 있었다. 첼시의 시선을 따라가자 그 끝에 트레이가 서 있었다. 달리 누구겠는가?

"화내지 마, 범생이. 여자아이가 때리려고 하니까 화를 내는군."

트레이는 표정만 웃고 있을 뿐 저스티스를 조롱하는 목소리에는 날이 서 있었다. 저스티스가 그를 노려보자 트레이는 욕하는 손짓을 하면서 돌아서서 걸어갔다. 그 순간 저스티스는 어린 나뭇가지 위를 걷다가 마지막 한 걸음에 가지 끝이 부러진 느낌이었다. 갑자기 심장이 고동치더니 얼굴이 뜨겁게 달아올랐다. 주변의 모든 것들이 밀려나고 사라지면서 멀어지는 트레이의 등만 보였다.

저스티스는 트레이에게 달려들어 세게 밀쳤다. 귓전에는

으르렁대는 소리만 울렸다. 트레이는 중심을 잃고 몇 발자국 비틀거렸다. 가까스로 중심을 잡은 트레이는 다시 덤벼들어 으르렁대며 저주를 퍼부었다.

"정신이 어떻게 된 거 아냐?"

저스티스는 이를 앙다물면서 침착한 목소리로 말했다.

"나랑 내 여동생을 내버려 둬."

저스티스는 거의 이성을 잃은 목소리로 경고했다. 그러자 트레이가 빈정댔다.

"난 내가 하고 싶은 대로 해."

"아니야, 넌 그렇게 못 할 거야."

저스티스는 두 주먹을 쥐고 싸울 태세로 계속 덤볐다. 아이들이 모여들기 시작했지만 저스티스는 알아차리지 못했다. 트레이는 저스티스에게 내뱉듯 말했다.

"잘 들어, 범생이. 너처럼 쪼그만 지질이가 나한테 이래라저래라 말하면 안 되는 거야."

트레이는 이렇게 말하면서 저스티스에게 팔만 뻗으면 닿을 만큼 가까이 다가왔다.

"그러니까 입 닥쳐."

트레이는 저스티스의 어깨를 치면서 마지막 한마디를 마침표 찍듯 분명하게 말했다.

이번에는 저스티스도 트레이를 상대할 준비가 되어 있었다. 저스티스가 트레이의 한쪽 어깨를 밀치자 트레이의 두 눈썹이 잠시 놀란 듯 위로 움찔하다 화가 나서 미간이 찌푸려졌다. 무슨 일이 일어난 건지 저스티스가 알아차리기도 전에, 트레이는 저스티스에게 달려들어 멱살을 잡았다.

주변에서 아이들이 소리를 질렀다.

"붙어!"

어떤 아이들은 고함을 쳤다.

"붙어! 붙어! 붙어!"

트레이의 친구들이 트레이를 부추겼다.

"본때를 보여 줘, 트레이!"

"한 방 먹여!"

저스티스는 아이들이 왁자지껄하게 떠드는 소리가 하나도 안 들렸다. 그가 트레이 쪽으로 거칠게 손을 휘두르자 눈 깜짝할 사이에 두 사람 모두 쓰러졌고, 곧 트레이가 저스티스 위로 올라탔다.

두 사람이 제대로 붙어 보기도 전에 갑자기 트레이가 저스티스 곁에서 떨어졌다. 파얀 선생님이 트레이를 붙잡고 저스티스에게 일어나라고 소리치고 계셨다.

"교무실로 가, 둘 다."

선생님은 큰 소리로 엄하게 말씀하셨다. 파얀 선생님은 아이들이 왈가왈부하는 얘기를 들어주시는 분이 아니었다. 선생님은 재밌으신 만큼 또 엄하셨다. 평소 늘 웃고 계시던 얼굴에 지금은 미소가 없었다. 저스티스는 즉시 선생님 말씀을 따랐다. 트레이는 몸을 흔들며 재킷을 잡은 선생님 손에서 빠져나왔다.

"트레이, 교무실로 가."

선생님은 다시 말씀하셨다.

저스티스는 이런 식으로 교무실에 가리라곤 생각해 본 적이 없었다. 저스티스는 코 아래로 흐르는 콧물을 닦으면서 숨을 가다듬으려 애썼다. 심장은 여전히 뛰고 있었지만 제트기 엔진처럼 귀에서 울리던 소리는 사라지기 시작했다. 트레이가 저스티스 옆으로 다가왔다. 파얀 선생님은 바로 뒤에 계셨다.

"넌 죽었어, 범생이."

트레이가 겁을 줬다. 그러자 파얀 선생님이 말을 잘랐다.

"네 일이나 잘해, 트레이. 계속 걷기나 해."

똑같은 벌

뭐 하나 분명하지 않은 생각들이 끊임없이 떠올랐다. '트레이 녀석, 감히 내 동생을 건드리다니……!', '트레이는 원하면 나를 해칠 수도 있어.', '난 트레이 때문에 곤경에 처한 거야.', '나는 우리 집에서 유일한 남자야.'

두 아이는 파얀 선생님이 들어오시는 동안 교무실 옆 의자에 아무렇게나 앉아 있었다. 트레이의 냉정한 모습은 저스티스를 열받게 했지만 저스티스는 내색하지 않으려고 애썼다.

곧 베이커 교장 선생님이 교장실에서 나오셨다. 평소에는 친근하고 따뜻했던 선생님 얼굴이 지금은 엄격하고 화가 나 보였다.

"트레이, 저스티스. 안으로 들어오너라."

선생님은 낮은 목소리로 명령하셨다.

교장 선생님은 두 아이를 이끌고 들어가 채리티가 다쳤을 때 저스티스가 앉았던 그 탁자를 가리키셨다.

"앉는 게 어떻겠니?"

선생님은 제안하듯 말씀하셨지만 두 아이에게 다른 선택의 여지는 전혀 주지 않으셨다.

놀랍게도 교장 선생님은 선생님의 책상 앞에 앉으셨다. 그러고는 컴퓨터 쪽을 보시면서 침착하게 말씀하셨다.

"내가 이 보고서 작성을 마칠 때까지 너희 둘은 잠시 흥분을 가라앉히렴. 함께 생각을 잘 정리해 봐."

저스티스는 교장 선생님 말씀이 무슨 뜻인지 잘 이해가 안 됐지만 여러 가지 감정을 가다듬으려 노력했다. 그는 화가 좀 진정되자 밖에서 무슨 일이 있었는지 생각해 보았다.

그는 트레이가 자꾸 싸움을 거는데 자신이 거기 뛰어들었다는 걸 깨달았다. 저스티스는 스스로 인정했다. 심지어 트레이랑 겨뤄서 누가 이기는지 보려고 하지 않았는가. 이건 정말 좋은 기회였다. 저스티스는 그래도 이 싸움이 트레이의 잘못으로 보이리란 걸 알았다. 그것이 자신에게 어떤 의미였는지 곰곰이 생각했다.

저스티스가 사건의 모든 것을 파악하기 전에, 교장 선생님이 일어나 두 아이가 앉아 있는 탁자로 와서 앉으셨다. 선생님은 손에 공책과 펜을 갖고 계셨다.

"자, 이제 저기서 무슨 일이 잘못되었던 건지 알아보자꾸나. 괜찮지?"

교장 선생님은 저스티스 쪽을 보셨다.

"저스티스, 네 입장에서 이야기를 해 보렴."

저스티스는 생각했다.

'내 입장에서 이야기해 보라고? 저는 트레이가 원래 어떤 아이인지 선생님께 얘기해 드리고 싶어요.'

저스티스는 이야기를 시작했다.

"쉬는 시간이 돼서 저는 운동장으로 나가고 있었어요. 그때 트레이가 첼시를 밀어서 제가 첼시에게 밀려 넘어지게 했어요."

이때 트레이가 끼어들었다.

"난 안 그랬어! 나는 너희 두 사람 근처에도 안 갔다고!"

"트레이, 잠깐만. 얘야!"

교장 선생님은 한 손으로 가로막는 시늉을 하셨는데, 그 모습을 보니 경찰관이 차량을 세우는 동작이 떠올랐다.

"너는 네 차례에 또 얘기하면 돼."

교장 선생님은 다시 저스티스 쪽을 보시더니 다음 이야기를 재촉하셨다.

"계속하렴."

"음, 트레이가 첼시를 밀었어요. 그래서 첼시가 밀려서 저에게 넘어졌어요."

저스티스는 트레이가 탁자 건너편에서 쏘아보는 눈빛을 무시하려고 애썼다. 그는 잠시 더듬거렸다.

"저는 그렇게 생각했어요."

저스티스는 다시 망설였다. 하지만 흥분하고 있었다.

"그래서 싸우기 시작했어요."

저스티스는 우리에 갇혀 밖으로 나올 수 없는 호랑이가 된 기분이었다. 이건 그가 정말 하려고 했던 말이 아니다. 하지만 트레이가 그를 노려보고 있었기 때문에 말하는 게 너무 힘들었다.

"좋아."

베이커 교장 선생님은 잠시 침묵하면서 저스티스를 엄격하게 바라보셨다. 그러더니 몇 가지 메모를 하셨다. 저스티스는 선생님이 뭐라고 쓰고 계신 건지 궁금했다.

"트레이, 너는 어땠니?"

트레이는 의자에 비스듬히 기대고 앉아 있었다. 그는 걱정하는 얼굴로 보이지 않았다. 차라리, 뭐랄까⋯⋯. 뭐라고 말해야 할까? 정직해 보였다고나 할까?

"쉬는 시간이 되어서 저는 막 운동장으로 나오던 중이었어요, 베이커 선생님."

트레이는 눈을 동그랗게 뜨고 교장 선생님을 바라보면서

말하기 시작했다.

"그런데 갑자기 저스티스가 저에게 고함치기 시작했어요."

트레이는 놀라고 분한 듯 말했다.

"저스티스에게 무슨 일이 있었는지 모르겠어요."

그는 저스티스 쪽을 보면서 물었다.

"어쨌거나, 왜 그렇게 갑자기 밀친 거야?"

교장 선생님이 경고하셨다.

"트레이, 조심해라."

"아, 죄송합니다. 베이커 선생님."

트레이가 대답했다.

"그래서, 트레이, 너는 이 싸움이 왜 시작된 건지 모르는 거니?"

교장 선생님이 물어보셨다.

"음, 저스티스는 정말 제정신이 아니었어요. 왜 그랬는지 모르겠어요."

트레이가 대답했다. 저스티스는 자신의 귀를 믿을 수가 없었다.

'트레이는 어떻게 저 일을 저렇게 돌려서 거짓말할 수 있는 거지? 저런 걸 어디서 배웠지? 큰형에게서?'

"저스티스?"

베이커 교장 선생님은 저스티스 쪽을 다시 보셨다.

"이게 사실이니?"

저스티스는 정말 제정신이 아니었던 걸까? 물론 그는 제정신이 아니었다! 트레이는 요즘 자신과 채리티를 점찍고 괴롭히는 중이었다. 맞다, 저스티스는 이 일에 완전히 정신을 잃었다! 저스티스가 베이커 교장 선생님께 어떻게 이 소소한 이야기들을 모두 설명할 수 있겠는가? 그 이야기를 입 밖으로 소리 내어 말한다면 별거 아닌 얘기로 들리고 말 것이다.

"아, 트레이는 첼시를 제 쪽으로 밀었어요."

저스티스는 다시 대답했다. 갑자기 그다지 트레이 잘못이 아닌 일처럼 되고 있었다.

"저 애가 시작했어요."

저스티스는 우물거리면서 말을 마쳤다.

베이커 선생님은 아무 말 없이 저스티스를 바라보다가 트레이를 바라보다가 하셨다.

"그 말은 왠지 너희 두 사람이 싸움을 벼르고 있었다는 얘기로 들리는구나. 왜 그랬는지가 궁금하다."

선생님은 결론을 내리셨다.

저스티스는 교장 선생님께 트레이가 무료 급식소에서 채리티를 괴롭혔던 아이들 중 한 명이라고 말해야만 할까?

'그러면 트레이하고 일이 더 꼬일지도 몰라.'

저스티스는 혼자 생각했다.

"너희 둘은 오늘 오후 쉬는 시간에 당번으로 일해야만 할 거야. 그 일을 하면 바빠서 싸울 틈이 없겠지. 트레이, 너는 최근 들어 이게 두 번째 싸움이니 부모님께 전화를 드려야겠다. 너희 둘 모두 맥도널드 선생님께 쉬는 시간에 말씀드려라. 선생님께서 너희에게 일거리를 주실 거야. 가 보렴. 최선을 다해서 일해."

베이커 교장 선생님은 말씀하셨다.

'맙소사! 트레이 때문에 내가 곤란해져서 당번 일까지 하

게 생겼군. 내 너한테 꼭 되돌려 주지.'

저스티스는 생각했다. 그는 내면에서 못난 생각이 드는데
도 이상하게 마음이 편안해졌다.

쉬는 시간에 **의자를 옮기는 일까지 했으면**, 저스티스의
화가 좀 가라앉아야만 했다. 그러나 트레이를 볼 때마다 저
스티스는 여전히 피가 들끓었고, 둘이 싸운 게 생각났다.

그건 공정하지 않았어! 트레이가 시작했는데 저스티스도
똑같은 벌을 받았다. 게다가 황당하게도 트레이는 마치 관
리 선생님인 맥도널드 선생님을 도와드리는 듯 행동하면서
칭찬을 받고 있었다. 물론 그럴 때마다 트레이는 저스티스
를 보고 빈정대며 묘하게 웃었다.

'넌 네 몫의 벌을 받게 될 거야. 조금만 기다려.'

저스티스는 트레이에게 어떻게 갚아 줘야 할지는 몰랐지
만 어떻게든 갚아 줘야 한다고 생각했다.

기회가 위기로

저스티스에게 그 주의 남은 요일은 평소보다 부드럽게 지나갔다. 학교는 평소와 같았다. 트레이는 학교를 며칠 빠졌고, 저스티스가 학교에 있을 때는 훼방하지 않으려는 듯했다. 적어도 지금은. 저스티스는 트레이가 치고받고 싸우는 데 끼어들었다가 어른이 알기 전에 빠지는 걸 몇 번 목격했다. 그렇지만 그는 트레이가 운동장에 있다는 사실조차 무시하려고 애썼다. 어른이 나타나면 트레이는 얼른 사라졌다. 그러면 지도 선생님들은 다른 아이들에게 뭐라고 하셨다.

토요일 아침이 되자 저스티스는 집안일을 얼른 마치려고 서둘렀다. 과자와 캔디 생각을 하니 입안에 침이 고였다. 저스티스가 단꿈을 꾸고 있는데, 채리티가 조용한 목소리로 깨웠다. 저스티스는 그 소리에 가만히 귀를 기울였다. 왜냐하면 채리티는 늘 수다를 떨지, 조용하게 말할 때가 거의 없었기 때문이다.

"오빠, 좀 이따 숍 앤드 고에 갈 거야?"

"응, 왜?"

저스티스는 대답했다. 그러자 채리티가 주변을 둘러보면서 말했다.

"있잖아, 나한테 뭐 좀 사다 주면 안 될까?"

'맞아, 채리티는 무료 급식소에 허락 없이 다녀온 것 때문에 외출 금지지.'

저스티스는 생각이 났다.

"채어, 그건 좀 힘들겠는데."

저스티스는 투덜댔다.

"좀 사다 줘, 오빠가 안 사다 주면 나는 한 주 내내 사탕을 하나도 못 먹을 거야."

채리티는 저스티스를 졸랐다.

저스티스는 군것질거리 없이 한 주를 보내는 걸 상상해 보았다. 그러자 마음이 약해졌다.

"좋아. 뭘 사다 줄까? 네 것을 살 돈은 네가 내야 해."

"돈 낼게, 낼게."

채리티는 약속을 하면서 얼굴이 환해졌다. 채리티가 돈을 가지러 달려간 동안 저스티스는 엄마 말씀을 절대로 고분고분 듣지 않는 저 아이가 어쩐 일로 저러는지 의아했다.

저스티스가 숍 앤드 고에 가려고 길을 따라 내려가는 동안 바람이 저스티스의 귓가를 스치면서 재킷에 스며들었다. 날이 더 추워졌다. 많은 눈이 내리고 눈보라가 불 날이 머지 않았다. 저스티스는 호주머니에 두 손을 집어넣었다. 겨울이 온다는 건 더 이상 자전거를 못 탄다는 뜻이었다. 하지만 저스티스는 상관없었다. 자전거가 망가지자 엄마는 봄까지 고치러 가지 않을 거라고 말씀하셨다. 게다가 겨울이 온다는 건 보호 구역에서 스노모빌을 탈 수 있다는 뜻이기도 하기 때문에 저스티스는 더 이상 기다릴 수가 없었다. 저스티스는 모터의 속력을 높일 때 오는 힘의 느낌을 좋아했다. 지난겨울 무슈은 저스티스가 스스로 운전할 수 있게 가르쳐 주셨다. 그 자유로움을 어서 다시 느끼고 싶었다.

저스티스가 알아차리기도 전에 숍 앤드 고가 눈앞에 나타났다. 저스티스는 생각하느라 정신이 팔려서 자신이 도시의 여러 구역을 빠르게 지나온 것도 몰랐다.

저스티스는 문을 밀었다. 그러고는 계산대에 서 있는 낯선 이를 보고 깜짝 놀랐다.

'주말마다 있던 찰리는 어디로 간 거지?'

그는 당황했다. 새로 온 점원은 잡지를 보다가 눈을 들어 저스티스가 가게로 들어오는 것을 보고는 다시 잡지를 읽기 시작했다.

저스티스는 우선 과자를 보러 갔다. 나초 과자를 사러 온 그는 어떤 맛을 고를지 둘러보는 걸 즐겼다. '매우 매운맛'

과 '맛있는 치즈 맛' 중에서 뭘 살지 결정하는 동안 가게 문의 벨이 울리면서 다른 손님이 들어왔다. 저스티스와 점원은 동시에 입구를 쳐다보았다.

저스티스는 심장이 방망이질 치기 시작하는 걸 느꼈다. 그 손님은 지난 토요일 길거리에서 트레이와 같이 있던 아이들 중 한 명이었다! 그 아이는 저스티스네 학교에 다니지 않았지만 저스티스는 틀림없이 전에 어디선가 그 아이를 본 적이 있었다. 저스티스는 그 아이가 자기를 보았다고 생각하지 않았기에 그냥 가게를 나가면 되지 않을까 하고 생각했다.

너무 늦었다! 그 아이는 저스티스 쪽으로 와서 과자가 있는 선반을 서성이다가 저스티스를 발견하고는 빈정댔다.

"범생이, 내 앞에서 비켜."

'아쭈, 이제는 아예 범생이를 내 **별명**처럼 부르는군. 잘들 한다.'

저스티스는 트레이에게 다시 화가 났다. 저스티스는 그가 서 있던 자리에 계속 있어야겠다고 마음먹고 계속 마음에 드는 과자를 찾으려고 애썼다. 그러다 그 아이의 양말 위쪽을 보았다. 아이의 양말은 누군가 펜으로 쓴 이상한 기호로 뒤덮여 있었다. 기호는 어딘지 모르게 눈에 익었는데, 어디서 본 건지 떠올릴 수가 없었다. 그러다 갑자기 저스티스는 쓰레기통과 쓰레기실 문에서 똑같은 기호를 본 적이 있다는 게 떠올랐다.

'조폭들의 기호인가?'

"내가 꺼지라고 했을 텐데."

그 아이는 저스티스에게 매섭게 말했다.

저스티스는 과자를 고르고 다른 쪽으로 가서 초콜릿 바를 보았다. 그 아이는 금방 저스티스 뒤를 따라왔다. 아이는 다시 저스티스를 노려보았지만 더는 아무 말하지 않았다.

두 아이는 다른 손님이 가게로 들어오자 흘긋 쳐다보았다. 저스티스가 모르는 남자였다. 손님은 '일방통행인 거리의 엉터리 번지수'들을 불평하면서 방향을 물어보기 시작했다. 점원은 가벼운 한숨을 쉬며 잡지를 한쪽에 밀어 두고 손님의 지도에 손가락을 얹어 방향을 알려 주기 시작했다.

저스티스는 사탕 진열대를 돌아보다가 그 아이의 재킷 호주머니가 벌어져 있는 것을 보았다. 초콜릿 바를 하나 저 호주머니 속에 집어넣으면 어떻게 될까 상상해 보았다. 저 아이가 훔치려 한 것처럼 보일 것이다. 붙잡히면 곤경에 처할 것이다. 어쩌면 경찰에 잡혀갈 수도 있다.

'지난 주말에 일어난 일을 아주 멋지게 복수하는 거야.'

저스티스는 생각했다. 그러고는 저스티스는 계산대를 슬쩍 다시 보았다. 두 사람은 여전히 손짓을 하며 거리 이름을 말하고 있는 중이었다. 저스티스는 초콜릿 바 하나를 집어 훔쳤다. 그런데 그때 갑자기 그 아이가 사탕을 담을 작은 주머니를 집기 위해 손을 뻗어 올렸다. 두 번 생각할 것도 없이 저스티스는 초콜릿 바를 아이의 주머니에 얼른 밀어 넣었다.

눈 깜짝할 사이에 저스티스는 사탕 진열대로 돌아왔다. 심장이 뛰었다. 그 아이는 사탕을 담으려고 주머니 입구를 벌리느라 정신이 없었다. 저스티스는 얼굴이 뜨거워졌고 어질어질해서 눈앞에 있는 초콜릿 바를 제대로 살필 수가 없었다. 저스티스는 아무거나 눈에 띄는 걸 하나 집어서 계산대 쪽으로 몸을 돌렸다.

"거기서 뭣들 하는 거니?"

점원이 갑자기 두 아이를 행해 말했다. 저스티스는 목소리가 들리는 쪽으로 머리를 휙 돌렸다. 낯선 손님은 이미 나가고 없었다. 저스티스는 손님이 나갈 때 가게 문에 달린 종이 울리는 소리도 듣지 못했다.

'저 사람이 어디서부터 본 거지?'

"아무것도 안 했어요."

저스티스는 약간 떨리는 목소리로 대답했다. 그 아이는 입을 살짝 벌리고 사탕 주머니에 손을 반쯤 넣은 채 아무 말 없이 그저 서 있기만 했다.

"네가 저 아이 주머니에 뭔가 집어넣는 걸 봤다."

점원은 그 아이를 가리키며 말했다. 그 아이가 얼른 주머니를 뒤지자 초콜릿 바가 하나 나왔다. 아이는 눈이 휘둥그레졌다.

"이건 내가 고른 게 아니에요!"

초콜릿 바에 불이라도 붙은 것처럼 제대로 손에 들지도 못하면서 아이는 단호하게 말했다. 저스티스는 거의 숨도 안 쉬어졌다.

"너희 둘 거기 가만히 있어."

점원이 두 아이를 가리키면서 명령했다. 그는 계산대에서 나와 아이들에게 다가오고 있었다. 그 아이는 가게 문 쪽을 슬쩍 보았다. 저스티스는 그 아이가 과연 달아날 수 있을지 의심스러웠다.

점원이 캐물었다.

"자, 여기서 뭘 한 거야? 어서 말해. 너희 둘이 서로 얘기하는 걸 봤어."

"난 이 멍청이를 알지도 못해요."

그 아이가 볼멘소리로 말했다.

"왜 이걸 내 주머니에 집어넣은 거야?

아이는 저스티스에게 내뱉듯이 말했다.

"네가 애한테 말하는 걸 봤어."

점원은 다시 말하더니 약간 뜸을 들였다.

"너희 부모님께 전화를 드려야겠다."

"우리 집에는 전화기가 없어요."

아이가 빈정댔다. 그러자 점원은 한 방 먹고 당황한 듯했다.

"너는?"

점원은 저스티스를 보며 말했다. 저스티스는 너무 충격을 받아 거짓말을 하고 싶어도 떠오르지가 않았다.

"있어요."

저스티스는 바닥을 내려다 보며 대답했다.

"좋아, 그럼."

점원은 불끈 화를 내면서도 저스티스의 대답에 만족한 듯 보였다. 점원은 그 아이 쪽을 보며 말했다.

"너, 적어도 앞으로 일주일간은 이 가게 안에서 널 안 봤으면 한다."

그런 다음 점원은 저스티스를 가리켰다.

"그리고 너는 계산대로 나랑 같이 가자. 너희 집에 전화를 해야겠어."

저스티스가 계산대 쪽으로 구부정하게 걸어가는 동안, 다른 아이는 계산대에 사탕을 내던지고 문 쪽으로 갔다. 아이는 가게 문을 밀치고 나가면서 저스티스 쪽을 돌아보고 입 모양으로 말했다.

"넌 죽었어."

'어떻게 이렇게 바보 같을 수가 있지? 이제 내가 곤경에 빠지고 저 아인 나갔구나!'

저스티스는 자신을 꾸짖었다. 10분 전으로 돌아가 상황을 바꿀 수만 있다면.

점원은 손을 전화기 위에 대고 저스티스의 말을 기다리며 바라보고 있었다.

"자, 뭐야?"

그가 물었다.

"뭐가요?"

저스티스는 점원의 물음에 답하지 않고 되물었다.

"너네 집 전화번호가 어떻게 되냐고?"

점원은 언성을 높이며 다그쳤다.

"아······."

저스티스는 번호를 불러 줬는데, 점원이 버튼을 하나씩 누를 때마다 마음이 점점 더 가라앉았다. 엄마가 뭐라고 말씀하실지 불안했다.

"여보세요, 숍 앤드 고입니다."

점원이 수화기에 대고 말했다.

"어머니 집에 계시니?"

채리티가 받았나 보다.

"네, 여보세요, 숍 앤드 고입니다."

그는 다시 말했다.

"아드님이 여기 있는데요."

그는 수화기 아래쪽을 손으로 덮은 채 저스티스를 바라보았다.

"이름이 뭐니, 너?"

"저스티스요."

저스티스는 어디 다른 데로 사라져 버렸으면 좋겠다고 생각하면서 우물거렸다.

"저스티스가 여기에 있어요."

점원은 계속 말했다.

"오셔서 아이를 좀 데려가시겠습니까?"

그는 잠시 말을 멈췄다.

"아니오, 아이는 괜찮습니다. 하지만 오셔서 데려가시는 편이 좋겠습니다."

저스티스는 엄마의 목소리를 들을 수 있었지만 뭐라고 말씀하시는지는 정확하게 안 들렸다.

"좋습니다, 여기서 기다릴게요."

외출 금지

저스티스가 가게에 엉거주춤 서서 엄마를 기다리는 동안 시간은 더디게 흘러갔다. 몇몇 사람들이 가게에 들어오면서 그를 궁금한 눈빛으로 쳐다보곤 물건을 사서 나갔다. 저스티스는 엄마가 뭐라고 말씀하실지 짐작도 할 수 없었다. 이런 바보 같은 짓은 한 번도 한 적이 없다.

'게다가 그 아이는 가 버렸어!'

저스티스는 앞으로 무슨 일이 일어날지 생각하니 몹시 괴로워졌다.

엄마가 곧 도착하셨다. 헝클어진 차림새로 숨도 제대로 못 쉬고 계셨다. 채리티가 엄마 바로 뒤에 있었다.

"저스티스, 여기서 뭐하는 거야?"

엄마는 숍 앤드 고에 들어서자마자 물었다.

"이 아이 어머니세요?"

점원이 퉁명스럽게 물었다.

"네, 전화하셨죠?"

엄마가 점원 쪽을 보았다. 엄마는 얼굴이 붉게 상기된 채 미간을 찌푸렸다.

"네, 제가 했습니다."

점원은 엄마를 봤다가 저스티스를 봤다가 하면서 대답했다.

"아드님이 초콜릿 바를 친구 호주머니에 집어넣었어요. 뭘 속이려다 저한테 들킨 건지는 모르겠지만, 저는 두 아이가 그걸 훔치려고 했던 거라고 봅니다."

채리티는 입이 벌어졌다.

"뭐라고요? 저스티스, 그게 정말이야?"

엄마는 두 눈이 휘둥그레졌다. 저스티스는 엄마와 채리티를 번갈아 바라보았다. 목이 답답해서 침도 넘어가지 않았다.

"응……."

엄마는 얼굴이 더 붉어지더니 입을 꾹 다물었다. 잠시 후 엄마는 점원 쪽을 보았다.

"정말 죄송합니다. 우리 애가 뭘 하고 있었는지는 모르겠지만 평소 이런 짓을 하는 애가 아니에요. 초콜릿 바 값을 제가 내도 되겠죠?"

엄마가 물었다. 그러자 점원은 고개를 저으면서 기분이 조금 풀린 얼굴로 말했다.

"아닙니다, 괜찮아요. 다른 아이가 초콜릿 바를 여기 두고 갔어요. 그냥 당분간 아드님이 어머니 없이 혼자 여기에 오면 안 된다는 걸 분명히 하려던 겁니다."

"물론이죠."

엄마는 저스티스 쪽을 보았다.

"자, 이제 집에 가자."

엄마는 단호하게 말씀하셨다. 채리티는 저스티스 옆에 바싹 붙어서 얼굴을 살피고 있었다. 세 사람은 가게를 나왔다.

저스티스는 여전히 바깥에 바람이 불고 있는 걸 보고 놀랐다. 태양도 있던 그 자리에 계속 있었다. 바깥은 아무것도 달라진 게 없었으나, 그의 기분은 완전히 달랐다. 엄마가 자기를 어떻게 생각하실지 견딜 수가 없었다.

세 가족은 아무 말 없이 첫 번째 거리를 터덜터덜 절반쯤 걸었다. 엄마는 등을 꼿꼿하게 세우고 집으로 앞장서 가시면서 앞만 뚫어지게 쳐다보셨다.

영원할 것 같았던 순간이 지나고, 마침내 엄마가 저스티스 쪽을 바라보셨다.

"가게에서 무슨 생각으로 그런 짓을 한 거야?"

엄마는 평소와 달리 거칠고 큰 목소리로 물어보셨다.

"엄마, 난 정말 그 아이를 몰라요. 그 아이는 내 친구가 아니에요."

저스티스는 설명하기 시작했다.

"무슨 소리야, 그 애를 모른다니? 점원 아저씨는 너희 둘이 서로 얘기하던 중에 네가 그 아이에게 초콜릿 바를 주었다고 하셨잖아."

엄마는 아까 들은 얘기를 그대로 말씀하셨다.

"아니야, **그 아이**가 **나**에게 말을 건 거예요."

저스티스는 숍 앤드 고에서 무슨 일이 있었는지 엄마에게 이야기했다. 엄마는 몇 집을 지나는 동안 저스티스를 계속 노려보셨다.

"하지만 왜? 왜 그런 짓을 하려고 한 거야?"

저스티스는 땅만 보다가 다시 엄마를 올려다보았다. 엄마는 대답을 기다리고 계셨다.

"난……. 나도 몰라요."

저스티스는 이게 과연 충분한 대답이 될지 미심쩍어하며 말했다.

"저스티스, 어떻게 그런 짓을 할 수가 있어? 도둑질을 한 거잖아!"

마침내 채리티가 목소리를 냈다.

"그냥 일어난 거야. 나도 몰라, 왜 그랬는지. 됐어?"

저스티스는 얼굴이 점점 뜨거워지는 걸 느낄 수 있었다.

그는 더 설명하고 싶었지만 두 눈이 갑자기 따끔거리면서 믿기지 않는 목소리가 나왔다.

"저스티스, 이건 정말 너답지 않아."

엄마가 내려다보고 머리를 흔들면서 말씀하셨다.

"네가 무슨 짓을 하려고 한 건지 엄만 이해가 안 된다. 너 때문에 우린 부끄러웠어. 이제 채리티도 숍 앤드 고에 갈 수 없고, 엄마도 숍 앤드 고에 갈 수가 없어. 우리가 너랑 한 가족인 걸 그 점원이 알고 있으니까. 우리는 이런 식으로 행동하지 않아. 우리가 필요한 건 돈을 주고 사. 항상 그렇게 해 왔잖아. 너도 알잖아, 아니니?"

엄마는 그렇게 길게 말씀하신 적이 거의 없었다. 저스티스는 엄마가 이 일을 심각하게 생각하신다는 걸 알았다.

"예, 저도 알아요."

달리 할 말이 없었다. 그 아이를 보았을 때 복수해 줘야겠다는 심술이 들었다는 걸 어떻게 설명할 수 있겠나? 저스티스는 가게에서 있었던 일을 돌이키는 것만으로도 또다시 온몸이 쑤셨다.

"넌 앞으로 한 달간 숍 앤드 고에 출입 금지야. 너한테
달리할 수 있는 게 뭔지 모르겠다."

엄마는 엄격하고 슬픈 목소리로 말씀하셨다.

세 사람이 침묵 속에서 다시 걸어가는데, 남은 길이 평소
보다 길게 느껴졌다. 채리티조차 할 말을 잃은 듯 보였다.
마침내 집에 도착했다. 저스티스는 두 사람에게 한 마디도
하지 않고 곧장 자기 방으로 갔다. 그는 불안한 마음을 안
고 책상 앞에 앉아 학교 숙제를 했지만 기분은 나아지지
않았다.

마침내 방문을 가볍게 두드리는 소리가 들리더니 엄마가
들어오셨다.

"저스티스, 너랑 얘기를 좀 하고 싶구나. 이리 와 보렴."

엄마는 평소처럼 밝게 말씀하셨지만 생기가 없었다. 엄마
는 저스티스의 침대에 앉아 손짓하셨다. 저스티스는 책상에
서 떨어져 눈을 내리깔고 엄마 옆에 앉았다.

"가게에서 무슨 일이 있었는지는 모르겠지만 엄마가 한
말이 무슨 뜻인지 네가 알았으면 좋겠어. 네가 뭘 잘못했는

지 알고 있니?"

엄마는 말씀을 시작하셨다.

"네, 하지만 엄마는 이해 못 하세요."

저스티스는 입을 열었다.

"어쩌면 엄마가 이해하지 못하는 걸 수도 있지. 하지만 엄마도 뭐가 옳고 그른지는 알고 있어, 저스. 그리고 너도 뭐가 옳고 그른지 알고 있고."

엄마는 정확하게 짚으셨다.

"알아요."

저스티스는 씩씩댔다. 지난 얼마 동안 학교와 동네에서 무슨 일이 있었는지 엄마에게 어떻게 말한단 말인가? 말하면 채리티는 베이커 교장 선생님께 거짓말하고 엄마에게 제대로 말씀드리지 않은 일로 곤란해질 것이고, 엄마는 저스티스가 그걸 계속 덮어 주고 있었다는 걸 알게 되실 거다.

"알아요."

저스티스는 다시 말했다.

한참 침묵이 흐른 뒤 엄마는 뭔가 결심하신 듯했다.

"자, 다음 주말이면 코쿰과 무슘에게 갈 거야. 우리가 보호 구역에 갈 때까지 네가 학교에서 돌아오면 집에만 있었으면 좋겠다. 알겠니?"

"네."

저스티스는 이 사건으로 엄마가 더 심한 벌을 주시지 않아서 놀랐다. 어쩌면 다른 벌을 생각하고 계신지 모르겠다.

다음 한 주는 더디게 흘러갔다. 저스티스는 학교와 집만 왔다 갔다 하면서, 숍 앤드 고에서 본 그 아이가 골목이든 대문 앞이든 어디서든 튀어나오지 않을까 생각했다. 그는 매일매일 자신에게 일어난 일을 어이없어하면서 그 아이가 다른 학교에 다니는 걸 무척이나 감사했다. 저스티스는 곧장 집에 갈 핑계가 생겨서 기뻤다. 저스티스는 그 아이가 어딘가에 있을지도 모를 학교 운동장에서 놀고 싶지 않았다. 그는 트레이와 부딪히고 싶지도 않았다. 학교까지 등하교할 때를 빼면 바깥 구경을 전혀 못 하고 있다는 느낌이 들었다. 학교 숙제 때문에 집에서 계속 바쁜 게 다행이었다.

저스티스는 실제로 자신의 보호 구역 모델에 많은 세부

모형을 덧붙일 시간이 있는 게 기뻤다. 숙제를 하면서 숍 앤드 고 사건도 기억에서 멀어졌다. 저스티스는 작은 가지들을 주워다가 정성을 다해 덤불과 나무 모형을 만들어서 점토로 보드 판에 붙였다. 또 많은 시간을 들여 집에서 찾은 작은 상자들과 여러 가지 다른 재료들로 작은 건물들을 세웠다. 그는 자신이 이런 걸 정말 잘한다는 걸 알게 됐고, 자신의 '보호 구역'이 모양을 갖추자 채리티와 엄마가 감탄을 해서 기뻤다. 엄마는 저스티스가 제대로 색을 칠할 수 있도록 페인트 세트까지 사다 주셨다. 또 눈을 만들 때 엄마의 화장 솜을 써도 된다고 허락해 주셨다. 그렇게 하니 나무에 잎을 달 필요가 없었다. 마침내 자신의 과제를 다 마친 저스티스는 정말 기뻤다. 이제 그가 염려해야 할 일은 반 친구들 앞에서 뭐라고 설명할지, 그 말뿐이었다.

할아버지 댁에 가다

마침내 토요일이 왔다. 저스티스네 가족은 차를 몰고 보호 구역으로 가기 위해 급히 아침을 먹고 있었다. 저스티스는 더 기다릴 수가 없었다. 그는 시리얼을 푹푹 떠먹으면서 할머니 할아버지 댁을 그려 보았다. 집 주위는 사방이 탁 트여 있고 근처 덤불에는 비밀 장소들을 얼마든지 만들 수도 있었다.

"천천히 좀 먹어라, 우리 아들. 거기까지 가려면 한참 걸릴 거야."

엄마가 풋 하고 웃으셨다. 얼굴에 살짝 미소를 짓는 엄마는 그 나이의 어른으로 보였다.

마침내 그들은 자동차에 가방을 싣고 멀리 떠날 채비를 했다. 저스티스는 낡은 차가 고속 도로를 달리다 말썽을 일으키지 않기를 빌며 뒷좌석으로 폴짝 뛰어들었다.

보호 구역으로 가는 여행길은 평탄했다. 금방 추수를 마친 들판과 울타리를 둘러친 목장들을 지나가면서 채리티는 평소처럼 친구들과 학교와 자신의 모든 일상사에 대해 수다를 떨었고, 엄마는 평소처럼 저스티스를 자연스럽게 대화에 끌어들이려고 하셨다. 저스티스는 차가 1킬로미터씩 달릴 때마다 지난 얼마간의 사건들이 점점 더 흩어지는 것을 느꼈다.

세 사람이 보호 구역에 들어서자 저스티스는 마음이 더욱 부풀었다. 낯익은 표지물이 너무 많았다! 길가에는 페인트가 벗겨진 오래된 집이 여전히 그대로 있었다. 옆집에서 뛰어나오면서 멍멍 짖는 작은 검정개도 여전했다. 덤불숲도 뛰어놀기 좋은 그때 그 장소에 그대로 있었다. 그리고 오른

쪽으로 바로 앞에 나타난 코쿰과 무슘의 집도 그대로였다!

저스티스에게 코쿰과 무슘의 집으로 다가가는 건 고향 집에 가는 것과 같았다. 저스티스는 반짝이는 눈으로 끝이 살짝 말려 올라간 붉은 지붕과 새하얀 벽, 빨간 창틀과 문, 무슘과 함께 낚싯줄과 토끼 덫을 손질하며 많은 시간을 보냈던 헛간을 바라보았다. 저스티스는 덤불 속에 들어가 나무 조각으로 비밀 본부를 짓거나 새총으로 땅다람쥐 잡을 생각을 하니 심장이 두근거렸다.

자동차가 거의 멈추었을 때 저스티스는 총알처럼 튀어나가 집으로 달려갔다.

"코쿰! 무슘! 우리가 왔어요!"

그는 소리쳤다. 엄마는 좀 살살 말하라는 얘기를 아예 꺼내지도 않았다. 엄마는 이전에도 그랬고 늘 그랬던 일, 도착하면 의례히 벌어지는 일을 보며 그저 웃으셨다.

저스티스 가족을 기다리고 있던 코쿰은 문간으로 나와 문을 열고 서 있었다. 할머니의 둥근 얼굴은 아이들과 아이들의 엄마를 보면서 밝게 빛났다.

"오오, 두 녀석들 좀 봐, 잡초처럼 쑥쑥 자라는구나!"

할머니가 놀리셨다.

"엄마!"

엄마는 엄마의 엄마를 보며 활짝 웃으셨다. 엄마는 코쿰에게 다가가 부둥켜 안으며 뽀뽀를 한 뒤 말했다.

"커피 한 잔 하고 싶어요. 길이 달려도 달려도 끝이 없더라고요."

저스티스는 엄마가 식탁에 앉을 때 이미 작은 집을 가로지르며 뛰어다니고 있었다. 할머니는 배넉과 잼, 접시 들을 식탁 위에 올려놓느라 분주하셨다. 난로 위에 올려놓은 냄비 안에는 고기와 야채를 넣은 수프가 끓고 있었다.

"저스티스, 우리 손자, 와서 뭘 좀 먹거라! 무슈을 도우려면 든든하게 먹어야지."

코쿰은 야단법석이셨다. 그리고는 채리티 쪽을 보셨다.

"우리 손녀딸은 어찌 지내셨나?"

할머니는 채리티를 으스러질 듯 꼭 껴안으며 물었다.

"잘 지냈어요, 코쿰. 무슈은 어디 계세요?"

채리티는 눈동자를 빛내며 얼른 말했다.

"오, 할아버지는 물론 아직도 그 스노모빌과 씨름하면서 저기 헛간에 계시지. 할아버지는 거기 혼자 계시는 게 좋은가 봐."

코쿰은 큭큭 웃었다.

"가서 모셔 올까요?"

채리티가 뛰어나갈 태세로 물었다.

"그래, 물론이다. 가서 할아버지께 커피 드실 시간이라고 말씀드리렴."

할머니는 딸과 손자 쪽을 보았다.

"여행은 어땠니?"

"똑같죠, 뭐. 특별한 건 없었어요. 고속 도로 근처에 주유소를 다시 짓고 있는 걸 봤어요."

"아, 그래. 결국엔 마을 위원회가 인수해서 그걸로 뭘 만드는 데 동의했단다. 거기에 작은 식료품점도 만들 거래. 너희 아빠랑 나한테는 편하게 된 거지. 우유나 과일을 사러 멀리 시내까지 운전해서 안 나가도 된다면 정말 기쁠 거야.”

“정말 잘됐군요!”

엄마는 흥미로워하며 목소리가 높아졌다. 저스티스는 코쿰과 엄마, 두 사람이 마을 위원회와 결정해야 할 모든 사안들에 대한 전체 토론으로 들어가는 일이 없기를 바랐다. 그러면 많은 시간이 걸릴 수도 있다. 두 분은 보호 구역이 어떻게 운영되어야 하는지에 대해 의견이 많았다.

“둘이서 뭘 그렇게 떠들고 있어? 넌 오자마자 정신없이 떠들어대는구나. 내 귀가 벌써부터 아프기 시작한다.”

무슘이 집으로 들어서며 호통을 쳤다. 할아버지 눈가에 미소로 주름이 잡히는 것을 보며, 저스티스는 할아버지가 종종 그러시듯 농담하고 계신다는 걸 알았다.

“오, 당신도 참! 신경 쓰지 마요. 우린 밀린 얘기하려면 한참 더 해야 하니까.”

코쿰이 목소리를 높였다. 그러고는 두 손을 딸의 어깨에 올렸다.

“정말 보고 싶었다, 우리 딸.”

코쿰이 엄마를 보고 빙긋 웃자 두 사람은 다시 끌어안았다.

무슘은 두 팔을 벌렸다.

"저스티스, 넌 어떻게 지냈니?"

"잘 지냈어요, 무슘!"

난생처음으로 저스티스는 할아버지를 껴안아야 할지 악수를 해야 할지 알 수 없었다. 무슘이 커다란 두 팔로 저스티스를 끌어안으며 대신 결정해 줬다. 저스티스는 헛간에서 때는 장작의 연기와 비누와 담배 냄새가 섞인 무슘의 냄새를 맡을 수 있었다. 무슘은 잠시 두 눈을 감고 깊게 숨을 들이쉬셨다.

잠시 후 무슘은 저스티스를 풀어 주고 두 팔로 느슨하게 감싼 채 말했다.

"그래, 어디 좀 보자. 점점 남자가 되어 가는구나."

할아버지는 활짝 웃으셨다. 저스티스도 소리 내어 웃었다. 이 말은 무슘이 저스티스를 볼 때마다 매번 똑같이 하는 말이었지만, 들을 때면 언제나 마음이 따뜻해졌다.

"그리고 채리티, 모나크 시에서 제일 예쁜 우리 아가씨는 어떻게 지냈니?"

"오, 무슈! 잘 지냈어요!"

채리티가 드디어 말문을 열었다. 그러고는 무슈에게 달려가 끌어안았다.

'채리티는 우리가 무슈을 끌어안기엔 많이 커 버렸다는 걸 전혀 의식하지 않는군.'

저스티스는 생각했다.

"좋아. 거기 네 사람, 여기 앉아서 커피랑 코코아 마셔요. 배넉이 식고 있어요."

코쿰이 재촉했다.

"좋아, 하지만 저스티스랑 나는 이걸 다 마시면 바로 헛간으로 나갈 거야. 그렇지, 저스?"

할아버지는 호응을 기대하며 저스티스를 보았다.

"네. 뭘 손질할 거죠?"

저스티스는 잼을 집으려고 손을 뻗으며 대답했다.

"오, 그건 남자들의 일이지. 여자들 듣는 데서 우리가 헛간에서 뭘 할 건지 말할 수야 없지."

무슘이 윙크했다.

저스티스는 깔깔대며 웃었다. 헛간에 저스티스가 보고 배울 뭔가 재미있는 걸 갖다 두신 게 분명하다. 저스티스가 말하고 싶으면 헛간 일에 대해 엄마와 여동생에게 전부 **말할 수도 있겠지만**, 그와 무슘 사이에 그 일은 결코 말할 수 없는 커다란 중대사였다. 그는 서둘러서 자기 몫의 배넉과 수프 한 접시를 먹었는데, 너무 서둘러서 엄마는 걱정스러운 표정을 지었다. 틀림없이 한꺼번에 입안으로 밀어 넣는 음식량 때문에 그러셨을 거다.

마침내 무슘은 커피를 다 마셨다. 두 사람은 재킷을 걸친 뒤 문을 열고 헛간을 향해 나섰다. 헛간에 들어서자 나무 연기의 얼얼한 냄새가 저스티스를 에워쌌다. 무슘은 바깥 기온이 영하로 내려가면 헛간의 오래된 난로에 나무 장작을 넣어 불을 땠다.

무슘의 스노모빌은 작은 건물 한가운데를 통째로 차지하

고 있었다. 스노모빌의 모터는 이상하게 생긴 부품들을 다 드러낸 채 덮개 위에 놓여 있었다. 저스티스는 옆으로 다가가 기름 묻은 모터 부품 중 하나를 만져 보았다.

무슘이 말했다.

"잊지 말거라, 저스. 각 부품마다 어디에 맞출 건지 기억할 수 있게 하나하나 제자리에 두었단다."

아직 아무것도 손대지 않은 게 다행이었다.

"모터에 무슨 문제가 있는데요, 무슘?"

그는 물었다.

"좋은 질문이다, 애야. 그 모터가 지금 작동이 안돼."

무슘은 저스티스를 바라보던 눈을 크게 뜨고 활짝 미소지으며 대답했다. 두 사람은 소리 내어 웃었다. 그래서 할아버지가 모터를 해체한 게 분명했다. 무슘은 계속 말했다.

"모터를 돌리면 자꾸 기계가 쿨럭대. 작년 겨울 끝 무렵에 내가 이걸 타고 호수를 건너는데 모터가 갑자기 꺼져 버렸지 뭐냐. 바로 손질해서 다시 움직인 게 천만다행이지, 안 그랬으면 집까지 그 먼 길을 걸어서 올 뻔했단다."

'세상에, 호수는 보호 구역 바깥에 있잖아. 걸어왔으면 두 시간이나 세 시간은 걸렸을 텐데.'

저스티스는 혼자 생각하다 무슘을 향해 말했다.

"이걸 고치는 편이 낫겠어요."

"자, 이제 이 부속들을 깨끗하게 닦아 주기만 하면 될 거란 생각이 든다."

무슘이 설명했다. 무슘은 특별한 스패너로 조심스럽게 점화 플러그를 풀면서 자신이 일하는 모습을 저스티스가 볼수 있도록 몸을 뒤로 살짝 젖혔다.

"이 검댕이 보이니? 이걸 없애야만 해."

무슘은 줄로 조심스럽게 플러그를 문질렀다. 무슘은 저스티스를 보며 고개를 끄덕였다.

"다음 부품을 네가 해 보면 어떨까?"

저스티스는 무슘이 어떻게 했었는지 기억해 내려고 열심히 노력했다. 그는 두 번째 점화 플러그에 스패너를 사용하면서, 자신이 제대로 하고 있는 건지 확인하기 위해 무슘이 고개를 끄덕이나 안 끄덕이나 쳐다보았다.

"조심조심 잘하고 있어, 우리 손자."

무슈이 칭찬했다. 저스티스는 무슈이 했던 대로 모든 검댕을 없애려 애쓰면서 부드럽게 두 번째 점화 플러그를 문질렀다.

"자, 이제 맞춰서 모터가 작동을 하나 안 하나 어디 한번 보자."

모든 부품을 제자리에 맞추고 무슈이 시동을 걸자 모터는 천천히 움직이기 시작했다.

"무슈이 해냈어요!"

저스티스가 소리쳤다. 무슈은 웃으면서 엔진의 시동을 껐다.

"**우리가** 한 거지."

무슈은 말했다. 무슈은 주변을 좀 정리하더니 두 손을 등허리에 댔다.

"그래. 학교생활은 어떠냐, 저스티스?"

할아버지가 몸을 쭉 펴면서 물었다.

"아주 좋아요."

저스티스는 엄마가 무슈에게 숍 앤드 고에 대한 얘기를 했나 염려하며 대답했다.

"말썽에는 휘말리지 않고 있는 거니?"

저스티스는 할아버지 얼굴을 재빨리 훑어보았지만 최근에 일어난 일은 모르고 계신 듯했다.

"예, 거의요."

그는 얼버무리며 대답했다.

"거의라고? 그 말은 '항상 아닌 건 아니란' 뜻이냐?"

무슈은 큭큭 하고 웃더니 다음 얘길 기다리셨다.

"에이, 아시잖아요. 무슈, 세상에 완벽한 사람은 아무도 없잖아요."

저스티스는 우물쭈물했다. 그는 대화의 화제가 바뀌기를 바랐다. 무슈은 저스티스를 잠시 동안 바라보더니 주머니에서 담배를 꺼냈다.

"저스, 이 무슈은 학교 다닐 때 싸움을 진짜 많이 했단다."

그는 담뱃불을 붙이느라 잠시 말을 멈췄다.

"나는 항상 내가 옳다는 걸 보여 주고 싶어서 늘 그걸 입증해야만 했지."

무슈은 큭큭 하고 웃더니 머리를 절레절레 흔들었다.

"나는 내 코가 터지면 피가 난다는 건 입증했는데 다른 건 뭘 더 입증했는지 모르겠구나."

할아버지는 먼 곳을 바라보며 말씀을 끝냈다.

저스티스가 무슨 일이 있었는지 무슈에게 얘기할 만한 적당한 말을 찾는 동안 침묵이 흘렀다. 마침내 그는 무슈을 바라보고는 자신의 발을 내려다보며 이야기를 시작했다.

"저랑 채리티를 계속 괴롭혔던 아이들이 있어요. 그 애들이 우리한테 그러도록 그냥 둘 수 없었어요."

"아, 그래서 너도 뭔가 입증해 보이려고 했구나?"

무슈은 오래된 의자에 앉아 등을 기대며 고개를 끄덕였다. 저스티스는 바닥만 보았다. 무슈 앞에서 싸웠던 얘기를 하려니 부끄러웠다.

무슈은 저스티스를 보고 인자하게 웃으셨다.

"저스, 내가 어렸을 때도 그런 애들이 있었단다. 걔네 때문에 정말 화가 났지. 그러다가 하루는 왜 그 아이들이 나를 괴롭히는지 알아내려고 개네를 정말 열심히 관찰했어. 그 결과 그 아이들은 마음이 행복하지 않다는 걸 알게 됐지. 그 아이들은 나도 자기들처럼 행복하지 않다고 느끼기를 바랐던 거야."

"하지만 왜죠?"

저스티스가 떨리는 목소리로 묻자, 무슘이 대답했다.

"나도 모르지. 그 아이들이 내게 말해 주지 않았으니까. 하지만 어떤 생각이 떠올랐단다."

"무슨 생각인데요?"

"우리가 얼마나 서로서로 늘 존중하며 대하라고 배우는지 너도 알잖니?"

저스티스가 고개를 끄덕였다.

"나는 그 아이들이 나를 존중하지 않는다는 걸 알았어. 물론 왜 그러는지는 여전히 몰랐지만 말이야."

무슘은 일어나서 두 손을 수건에 닦고는 저스티스도 손을 닦을 수 있게 수건을 건네주었다.

"왜 그랬는지 알겠니?"

무슘은 다시 앉았다.

"너를 따라다닌 그 아이들을 생각해 봐."

저스티스는 트레이와 그의 친구들에 대해 생각했다. 어쩌면 그 아이들도 무슘이 얘기해 준 아이들과 같을지도 모른다. 내면이 불행한 아이들. 사람들은 무엇으로 행복을 느끼는 걸까? 그 아이들은 무엇 때문에 언짢은 걸까? 저스티스는 말했다.

"음, 저는 제가 좋은 일을 해서 괜찮은 사람이란 생각이 들면 기분이 좋아져요."

무슘은 끄덕이더니 빙그레 웃으셨었다.

"나쁜 일을 하면 어떻게 되지?"

저스티스는 무슨 말인지 알 것 같았다. 트레이를 혼내 주려고 마음먹었을 때 기분이 좋진 않았다.

"그 아이들은 자신에 대해 좋은 감정이 없을 듯해요."

저스티스는 조금 뜸을 들이더니 말을 이었다.

"어쩌면 그래서 다른 사람을 괴롭히고 싶어 하는 건지도 모르겠어요."

"그럴지도 모르지. 하지만 중요한 건 **네가** 이런 일들을 어떻게 대하느냐라고 본단다, 할아버지는."

"무슨 말씀이세요?"

"결국 우리는 우리 자신이 다른 사람들을 어떻게 대하느냐에 대해 책임져야 하거든. 우리는 우리가 옳다는 걸 입증하라는 요청을 받은 적이 없어. 우리가 받은 요청은 존중을 보여 주라는 요청이야."

무슙은 잠시 멈췄다가 다시 말씀하셨다.

"다른 아이가 우리를 존중하지 않는다 해도 말이지. 그리고 그게 어려운 일이지."

저스티스는 그게 어렵다는 걸 안다. 그는 그 아이들 중 몇 명을 두들겨 패 주고 싶었다. 그 아이들이 스스로 한 짓과 했던 말 들을 그대로 돌려받게 해 주고 싶었다. 그 아이들 속을 빠져나오면서 들리는 비웃음을 어떻게 무시할 수 있단 말인가?

"그러니 어떻게 생각하니, 저스? 너를 존중하지 않는 사람들을 존중할 수 있겠니?"

무슈이 물었다.

"해 볼게요, 무슈."

저스티스는 대답했다. 그는 무슈이 뿌듯해 하시기를 바랐지만 정말 그렇게 할 수 있을지는 자신이 없었다.

불평쟁이 블랙퀼 씨

다음 날 아침 일찍, 저스티스는 주방에서 뭔가 부드럽게 부스럭거리는 소리에 잠이 깼다. 발끝으로 살금살금 걸어 무슨 일인가 보러 가니, 할아버지가 소리 내지 않고 조금씩 커피를 마시면서 빵 주머니에 배닉을 넣고 계셨다.

"무슙? 뭐하세요?"

저스티스는 목소리를 낮춰서 말했다. 무슙은 저스티스에게 손짓으로 인사하며 부드럽게 말했다.

"저스티스, 나는 블랙퀼 씨 댁에 갈 거란다. 우리 이웃, 너도 알지?"

무슈은 머리로 옆집을 가리켰다. 저스티스는 놀랐다. 블랙퀼 씨는 항상 할아버지에게 심술궂게 대했다.

'무슈은 왜 그분을 가서 보고 싶어 하시는 거야?'

"왜요? 그분이 아프세요?"

저스티스는 큰 소리로 물었다.

"아, 그건 아니야. 한 번씩 그분한테 찾아가 보는 게 습관이 됐단다. 다들 자고 있다고 생각했구나."

무슈은 잠시 말씀을 멈추셨다가 저스티스에게 물었다.

"같이 가고 싶니?"

저스티스는 정말이지 블랙퀼 씨를 보러 가고 싶지는 않았다. 일부러 그분이나 그분 집을 피해서 걸어 다녔다. 무슈은 대답을 기다리셨다.

"네, 갈게요."

저스티스는 어깨를 으쓱하며 대답했다.

집에서 400미터 정도 떨어진 블랙퀼 씨 집까지 터덜터덜 걸어가다가, 무슈은 담배 연기를 뻐끔거리며 멀리 보이는 연못을 가리켰다. 할아버지는 저스티스에게 말했다.

"올해는 평소처럼 저 연못에 물이 다 차지를 않는구나. 저 연못에 둥지를 틀려고 애썼던 불쌍한 오리들이 정말 걱정된다."

무슈은 말씀하시면서 슬픈 듯 고개를 저었다. 저스티스는 무슈이 자연에 대해 말씀해 주시는 게 정말 좋았다. 무슈은 모든 것을 아는 듯했고, 저스티스와 채리티를 사랑하듯 모든 것을 사랑하셨다.

"오리들이 아직 저기 있나요, 무슈?"

저스티스는 가서 한번 봤으면 좋겠다고 생각하며 무슈에게 물었다.

"오, 그건 아니란다. 날개 달린 새들은 이제 모두 남쪽으로 갔지. 새들은 아주 영리해서 겨울에는 이런 곳에서 살지 않아요, 우리 손자."

곧 두 사람은 블랙쿨 씨 집 앞에 도착했다. 부서진 유리창과 푹 꺼져 있는 계단은 누군가 와서 제발 고쳐 주기를 바라고 있었다. 저스티스는 주머니에 손을 꽂은 채 문 앞에

띄엄띄엄 놓인 자갈들을 발로 비비면서 무슙 뒤로 숨었다.

무슙은 블랙퀼 씨가 자신이 온 걸 알아챌 수 있게 발을 쿵쿵 구르면서 계단을 올랐다. 할아버지가 천천히 문을 열자 어두운 실내가 드러났다.

"플로이드, 레온일세! 집에 있나?"

할아버지는 소리 높여 불렀다. 질질 발을 끄는 소리가 나더니 한 노인이 문 앞에 나타났다.

"레온? 이 시간에 왜 온 거야? 너무 이르잖아."

블랙퀼 씨는 쉰 목소리로 물었다.

"이른 시간인 것은 나도 알아, 플로이드. 하지만 당신이 일찍 일어난다는 것도 알거든. 배넉 어때? 펄이 어제 갓 만든 거야."

무슙은 큭큭대며 웃었다. 블랙퀼 씨는 저스티스와 무슙에게 들어오라고 고개를 끄덕였다.

"배넉이 먹을 만한지, 어디 한번 보자고."

저스티스가 블랙퀼 씨 집 안으로 좀 더 들어가자 사방이 어질러진 게 보였다. 식탁과 조리대, 심지어 소파에도 종이

와 신문지, 빵가루가 묻은 접시들이 잔뜩 널려 있었다. 고양이 한 마리가 주방 싱크대 옆에서 접시를 핥고 있었다. 저스티스는 겁이 나서 움츠러들었다. 이 집은 코쿰과 무슈의 집과는 정말 달랐다!

"음, 배넉은 어디 있나?"

블랙퀼 씨가 물었다.

"여기 빵 주머니 안에 있지."

무슈이 주머니를 블랙퀼 씨에게 내밀면서 대답했다.

"흠. 맛있어 보이는군. 그래, 이 아인 누구야?"

블랙퀼 씨는 말하면서 저스티스를 더욱 날카롭게 쳐다보았다.

"설마 우리 고양이들한테 돌멩이를 던지는 아이들 중 하나는 아니겠지, 응?"

블랙퀼 씨가 거칠게 말하자 저스티스는 뭐라고 말해야 할지 알 수 없었다.

"저스티스가 우리 동네에 있었을 리가 없지, 플로이드. 이 아인 모나크 시에 산다네."

"아이들이 어르신을 공경하던 시절이 있었지."

그는 저스티스를 똑바로 쳐다보았다.

"너는 노인을 공경하니?"

저스티스는 겨우 침을 삼켰다.

"네, 공경해요."

"착하구나. 그렇지, 레온? 안 그랬으면 이 녀석은 혼날 텐데 말이야."

저스티스는 우물쭈물하며 서서 블랙퀼 씨가 다른 곳으로 관심을 돌려 주기만 바랐다. 무슈이 저스티스의 불편함을 눈치챈 듯했다.

"커피를 좀 마시면 어떨까, 플로이드?"

무슈이 말했다.

"응, 커피? 여기 커피가 좀 있을 텐데."

블랙퀼 씨는 발을 질질 끌며 주방 찬장으로 가서 깡통 커피 하나를 꺼냈다. 무슈은 앞으로 가서 의자 위에 있던 신문지를 바닥에 내리고 양말 한 짝을 종이 더미 위에 올려놓은 다음 늘 이렇게 해 온 것마냥 편안하게 의자에 앉았다.

저스티스는 블랙퀼 씨가 커피 양을 가늠해서 주전자에 따르고 난로 위에 올려 끓이는 것을 지켜보았다. 블랙퀼 씨는 선 채로 무슈이 앉은 의자에 기댔다.

무슈은 의자 뒤로 등을 기대면서 물었다.

"그래, 어떻게 지냈나?"

"잠깐만, 머그잔을 금방 찾아올게."

블랙퀼 씨는 퉁명스럽게 말하면서 찬장을 여러 칸 덜그럭대며 뒤지다가 머그잔 두 개를 찾아 냈다. 그러고는 미심쩍은 듯 잔 속을 들여다보았다. 커피가 끓자, 그는 잔 두 개를 모두 식탁 위로 가져와 무슈과 자신이 마실 커피를 따랐다. 그는 저스티스를 잊어버린 듯했다.

무슈은 커피를 한 모금 마신 뒤 말했다.

"좋은데."

블랙퀼 씨가 말을 시작했다. 그는 빵 주머니에서 배넉을 한 조각 꺼냈다.

"그래, 내가 어떻게 지내는지 물었지, 레온. 지난주에는 도시에 있는 그 의사를 보러 갔어."

블랙퀼 씨는 그 의사 생각을 별로 하고 싶지 않은 듯 손을 내저으며 머리를 절레절레 흔들었다.

"허리 때문에, 알지?"

그는 덧붙였다.

"너무 아프거든. 아아, 그 의사는 뭘 어떻게 해야 할지를 모르는 양반이야. 어떤 날은 그냥 침대에서 일어나는 것도 아픈 거야."

블랙퀼 씨는 커피를 한 모금 마셨다. 그러곤 배넉을 베어 물었다.

"음, 맛있는데."

그는 또 한 조각 집어 들고 말을 이었다.

"그 젊은 의사가 허리 통증에 대해 뭘 알겠어? 내 손자뻘이야."

"허리 아픈 게 얼마나 힘든 건지 잘 알지."

무슙이 말했다.

"이제 내 스노모빌에 뭔가 크게 고칠 거리가 생긴다 해도 마음처럼 할 수가 없어. 여기 이 녀석, 저스티스가 같이 있어서 다행이지. 이 아이는 나에게 큰 도움을 주니까."

무슈이 저스티스를 보며 흐뭇하게 웃었다.

"가까이에 있을 때면 말이지. 나이 든다는 건 뭐 그렇게 즐거운 일은 아냐, 그렇지?"

무슈이 계속 말했다. 블랙퀼 씨는 생각에 잠겨 배넉을 먹고 있었다.

"맞는 말이야, 레온. 코쿰 호크페더('호크페더'는 매의 깃털이라는 뜻)라면 어떤 차를 끓여 마셔야 내 병에 도움이 될지 알고 있었을 텐데."

블랙퀼 씨가 고개를 저으며 말했다.

"그리고 우리는 우리 부족의 어르신들을 공경했잖아!"

그는 덧붙였다.

"우리가 어렸을 때 기억나나, 플로이드? 우리는 나이 많은 코쿰 호크페더의 정원에 자주 쳐들어갔잖아. 코쿰 호크페더는 늘 정원에 작물들이 왜 이렇게 잘 자라지 않는지 이상하게 생각했지."

무슈이 큭큭 웃으며 말했다. 저스티스는 놀랐다. 할아버지가 아까 들었던 싸움 이야기 말고 다른 나쁜 짓을 한 적이 있다니. 무슈은 결코 그런 짓을 할 분이 아니라고 알고 있었는데…….

"그랬군. 난 우리가 그랬던 일을 잊고 있었네."

블랙퀼 씨가 의자에 등을 기대며 대답했다.

"할머니가 돌아가셨을 때 사람들이 모였던 철야 장례식 기억나나? 이 보호 구역에서 그렇게 큰 장례식은 지금까지 없었다고 생각하네."

"맞아. 모든 이들이 코쿰 호크페더를 사랑했지. 그런데 할머니의 아이들은 이제 모두 뿔뿔이 흩어졌잖아."

무슈은 말끝에 고개를 끄덕이며 덧붙였다. 그의 두 눈동자는 과거의 장면들을 보고 있는 듯했다.

"그래. 열 명이야. 생각해 보면 할머닌 아이들이 열 명이었어. 그런데 지금 이 보호 구역에는 한 명도 남아 있지 않지."

블랙퀼 씨는 이 이야기가 정말 재미있나 보다.

"내 생각에 몇 명은 모나크 시에 사는 거 같아."

무슈이 저스티스 쪽을 보면서 물었다.

"저스, 코쿰 호크페더 아이들 중 누구 아는 애 없니?"

블랙퀼 씨는 아직도 배녁을 우물거리면서 몸을 빙 돌려 저스티스 쪽을 보고 대답을 기다렸다. 자신을 바라보는 블랙퀼 씨의 시선 때문에 저스티스는 입안에 침이 말랐다.

"어, 잘 모르겠어요."

저스티스는 그런 성을 들어 본 적이 있는지 기억해 내려고 머리를 짜냈다.

"됐어. 그 아이들이 어디 사는지 누가 알겠어?"

블랙퀼 씨가 그만 두라는 듯이 손을 내저었다.

"도시는 너무 크잖아, 어딘가에 살고 있겠지. 나는 이웃들과 알고 지내는 게 좋아."

"가게에서 아는 사람들을 만나면 참 즐겁지. 마을 위원회가 주유소를 인수해서 그걸 가게로 만든다는 얘기 들었나?"

블랙퀼 씨는 이 소식을 몰랐다. 그래서 그와 무슈은 꽤 오랫동안 커피를 마시면서 그 일에 대해 이야기했다. 저스티스는 처음 도착했을 때 블랙퀼 씨가 얼마나 쌀쌀맞게 굴었는지를 떠올리면서, 어떻게 두 분이 오랜 단짝처럼 잡담을 할 수 있는지 믿기지 않았다.

마침내 무슈이 일어나더니 블랙퀼 씨에게 손을 내밀었다.

"자, 플로이드, 우린 가 봐야겠네. 겨울이 곧 올 텐데 아직 스노모빌 손질을 다 못했거든."

블랙퀼 씨는 무슈과 악수를 나눴다.

"알지, 레온. 내 뼈들도 아프다고 이제 그만 일어나래."

블랙퀼 씨가 대답하자 무슈이 웃음을 터뜨렸다.

"내 뼈들이 나한테 아무 말 않던 시절도 분명 있었는데 말이야!"

무슈과 저스티스가 현관으로 가는 동안 블랙퀼 씨도 웃음을 터뜨렸다.

"다음에 보자고, 플로이드."

무슈은 인사를 하면서 블랙퀼 씨와 악수하라고 저스티스를 팔꿈치로 살짝 찔렀다.

"그래, 잘 가. 그리고 저스티스, 네 할머니인 코룸 펄에게

이 동네에서 제일 맛있는 배넉이라고 전해 주렴."

블랙퀼 씨가 저스티스에게 엄지손가락을 들고 말했다. 그러고는 두 사람이 나가자 현관문을 닫았다.

무슈과 저스티스는 잠시 아무 말 없이 걸었다. 그러다 저스티스가 말문을 열었다.

"무슈, 저분을 왜 찾아가시는 거예요? 저분은 너무 불평쟁이에 투덜이예요."

"오, 그래서지. 그래서 내가 가는 거야."

무슈은 고개를 끄덕이며 대답했다. 무슈은 의아해하는 저스티스의 얼굴을 보고 빙긋 웃었다.

"나는 저 친구를 아주 오래전부터 알고 지냈단다, 저스티스. 블랙퀼 씨에게는 나처럼 매일 얘기할 수 있는 코쿰 같은 사람이 없어."

'그건 맞아. 누가 저기서 살고 싶겠어? 저렇게 살면 정말 외로울 거야.'

무슈은 계속 말을 이어 갔다.

"있잖아, 저 친구 부인이 여러 해 전에 죽었단다. 그때부터 저 친구는 손님들이 자꾸 찾아오는 걸 싫어해. 내가 코쿰이 만든 배넉을 들고 나타날 때만 빼고 말이야. 당연한 얘기지, 코쿰이 만든 배넉을 누가 싫어하겠어?"

무슐은 장난스럽게 웃었다. 두 사람은 이제 집에 거의 다 왔다.

"우리도 뭘 좀 먹어야겠구나, 그치?"

그러고 보니 허기가 졌다.

"네, 지금 바로 뭐 좀 먹어요!"

"좋아, 하지만 여자들을 깨우지는 말자꾸나."

무슐은 집 가까이 다가가면서 목소리를 낮췄다.

"우리끼리 하자고!"

바깥 공기는 차가웠지만 저스티스는 몸속이 훈훈해지는 걸 느꼈다.

부서진 모형

남은 주말이 후딱 지나가고 어느새 저스티스 가족은 작별 인사를 하고 있었다. 다들 서로를 껴안고 인사를 나누며 집에 가면 전화하겠다고 약속했다. 엄마는 무슝과 코쿰에게 눈 오기 전에 차량 검사를 꼭 받겠다는 다짐을 받았다. 엄마가 그분들의 자식인데 그렇게 다짐을 받는 게 재미있었지만, 엄마는 저스티스와 채리티를 걱정하듯 할머니와 할아버지를 걱정하셨다.

집으로 돌아오는 길에 채리티는 보호 구역에서 지내는

동안 만났던 친구들에 대해 수다를 떨었다. 채리티는 어디
서나 친구를 잘 사귀었다. 보호 구역에서 지낼 때도 그들이
차를 타고 나설 때마다 어디선가 여자아이들 무리가 갑자
기 나타났다. 할머니 댁 현관 앞에는 항상 채리티의 친구들
이 와 있었다.

'채리티는 집에서랑 똑같아.'

저스티스는 생각했다. 채리티는 코쿰과도 많은 시간 함
께 보냈다. 할머니랑 요리하는 걸 얼마나 즐거워하는지, 저
스티스는 그걸 보고 깜짝 놀랐다. 채리티는 코쿰과 함께
하는 건 뭐든지 다 멋지다고 생각하는 듯했다.

"그리고 코쿰은 계란을 안 넣고 머핀을 만드셔! 코쿰은
바나나를 넣는데, 그렇게 해도 아주 맛있는 거야!"

채리티가 말했다. 저스티스는 그건 정말 놀라운 일이라고
생각했다.

"그래, 코쿰은 아무것도 아닌 재료로도 확실히 맛있게 만
드시지. 집 가까이에 가게가 없으면 그렇게 돼. '어떻게든
해내는 걸' 배우게 되지."

엄마도 인정했다.

"코쿰은 정말 '어떻게든 해내세요'. 하지만 할머니 댁에는 항상 밀가루가 충분히 있잖아요!"

세 사람은 모두 웃었다. 코쿰의 배넉은 보호 구역에서 유명했다. 거의 모든 사람들이 배넉을 만들지만, 코쿰처럼 만드는 사람은 아무도 없었다.

집에 다 와서 주차장 차도로 들어서며 엄마는 아이들 쪽을 돌아보셨다.

"토스트랑 차를 좀 먹고 다 같이 바로 잠자리에 드는 게 어떨까? 다들 피곤한데, 내일이면 학교에도 가고 직장에도 가야 하니까."

엄마가 제안하셨다.

"좋아요!"

저스티스와 채리티는 함께 맞장구를 쳤다. 사실 물어볼 필요가 없었다. 세 사람은 코쿰과 무슘 댁에서 집으로 돌아오면 언제나 차와 시나몬 토스트를 먹었으니까. 그렇게 하는 게 일종의 의식처럼 되었다.

몇 분 후 저스티스네 가족은 아늑한 주방 식탁 탁자에 둘러앉았다. 저스티스는 버터를 바른 바삭한 토스트를 먹으면서 뜨거운 차의 향을 맡았다. 채리티도 함께 간식을 즐길 때면 조용했다.

"배낙 가져오셨죠, 엄마?"

저스티스는 엄마에게 물었다.

"호호, 물론이지, 저스. 내일 점심 도시락으로 가져가려무나."

"와, 좋아요."

저스티스는 안도의 한숨을 쉬었다.

"자, 너희 둘 다 이제 자러 가야지. 접시는 개수대에 넣어 놓고."

엄마는 하품을 간신히 참으면서 말했다.

저스티스는 행복한 마음으로 침대에 올라갔다. 오늘은 아침 일찍 일어나서 하루 종일 바빴다. 저스티스는 무슴이 블랙퀼 씨에게 친절하게 대한 일을 생각하면서 금방 잠이 들었다.

다음 날 아침 가느다란 겨울 햇살이 창틈으로 스며들려 할 때 저스티스는 잠에서 깼다. 추위가 성큼 다가왔다. 이제 어서 첫눈이 함박눈으로 오기를 바랄 뿐이다.

'겨울이면 왜 일어나기가 더 힘든 걸까?'

저스티스는 궁금했다. 하품을 하고 기지개를 켜면서 그는 무슘의 말을 다시 떠올렸다.

'블랙퀼 씨에게는 나처럼 매일 얘기할 수 있는 코쿰 같은 사람이 없잖아.'

저스티스는 청바지 속에 다리를 집어넣으면서 자신의 가족을 생각해 보았다. 그렇다. 가끔 채리티는 말이 너무 많아서 엄마는 무슨 일이 일어나는지 죄다 알고 계셨고, 그가 이야기할 사람이 필요할 때면 두 사람은 항상 곁에 **있어 주었다.**

저스티스는 서랍에서 스웨터를 꺼냈다. 블랙퀼 씨처럼 아무도 없다면? 저스티스도 불평만 일삼는 투덜이가 될까? 저스티스는 주변에 다른 사람이 없는 삶을 상상할 수 없었다. 그러자 트레이의 가족이 궁금해졌다. 트레이의 가족은 어떤 사람들일까? 트레이에게 엄마와 형들이 있다는 건 알고 있지만, 그게 전부다.

채리티가 고개를 쑥 빼고 방에 있는 저스티스를 보았다.

"저스, 오늘 우리 캐나다 지역에 대한 발표를 시작해야 하는 거 기억하고 있지?"

저스티스는 끙 신음 소리를 냈다. 그는 반 친구들 앞에서 발표해야 하는 걸 좋아하지 않는다. 그러나 채리티는 그런 걸 아주 좋아해서 손으로 그린 자료를 펼쳐 들고 벌써부터 흥분해 있었다.

"내가 그린 CN 타워(캐나다 토론토에 있는 553.33미터의 송출탑으로 세계 2위의 높이를 자랑한다.) 어때?"

채리티가 눈을 빛내며 물었다.

"멋진데!"

그는 감탄했다. 진심이었다. 채리티는 미술에 **소질이 있었고**, 최종 그림을 마무리하는 데에는 공을 더 들인 게 틀림없었다.

저스티스는 발표가 통과되기를 바랐다. 그는 작은 상자

와 깡통 들로 직접 만든 보호 구역 모형이 자랑스러웠다. 그는 모든 모형의 색을 제대로 칠하기 위해 많은 시간을 들였고, 윌슨 선생님이 학교에서 주신 실과 다른 재료 들로 덤불을 더 수북하게 만들었다. 그러나 지금 저스티스는 채리티 말이 맞을지도 모른다는 생각이 들었다. 어떤 이들은 보호 구역에 대해 이야기 듣는 게 지루할 수도 있다. 그는 속으로 애써 무시했다. 이제 너무 늦었다. 발표물은 완성되었고 오늘까지 제출해야만 한다.

한 시간이 채 지나지 않아 저스티스와 채리티는 문을 잠그고 집을 나섰다. 터덜터덜 학교로 걸어가는 중이었다. 저스티스는 학교 운동장에 도착해서 밴스가 정글짐 속을 재빠르게 통과하며 돌아다니는 것을 보았다. 그는 밴스가 정말 대담하게 움직이는 것을 보며 활짝 웃었는데, 운동장에 있는 다른 아이들이 가까이 보이자 금세 웃음이 사라졌다.

트레이가 거기 와 있었다. 트레이의 검은 머리카락이 다른 아이들 사이에서 단연 눈에 띄었다. 평소처럼 그는 말썽의 한가운데에 있는 듯했다. 저스티스는 한숨을 쉬었다. 정말이지 트레이와 다시 마주치고 싶지 않았다. 특히 트레이가 문제를 일으키고 싶은 마음일 때는 말이다. 저스티스는 자신의 발표 과제물에 무슨 일이 생기지 않을까 걱정되었다. 어쩌면 아이들 틈에 살짝 섞여서 눈에 띄지 않을 수도 있다.

그러나 그런 행운은 일어나지 않았다. 트레이는 저스티스를 발견하고 무리에서 빠져나와 저스티스 쪽으로 다가왔다.

'뭘 어쩌고 싶은 거지?'

저스티스는 생각했다.

"범생이. 요즘 너 안 보이더라고. 그래서 이 쪼그만 장난감들과 노느라 바쁜가 보다 했지."

트레이가 내뱉었다.

저스티스는 어깨를 으쓱하며 트레이 주변에서 벗어나려 애썼다. 저스티스가 자리를 피하자 거기에는 트레이 '친구들' 중 머리가 노란 다른 아이가 서 있었다.

"그래, 너 어디 갔었어?"

노랑머리 아이가 대답을 강요했다.

"몰라."

저스티스는 우물거리며 다시 그 아이를 피하려고 했다. 하지만 그 아이 바로 앞에 서게 됐다.

"우리가 묻잖아. 너. 어디. 갔었냐고."

트레이는 뒤에서 저스티스의 어깨를 밀며 한 마디 한 마디를 끊어 말했다.

"몰라. 이 근처에, 있었겠지."

저스티스는 자신의 목소리가 점점 더 커지고 거칠어지는 걸 들으면서 심장이 쿵쿵 뛰었다. 놀랍게도 트레이가 잠시 뒤로 물러서며 빈정댔다.

"그래, 우리 모두 네가 보고 싶었어."

"그래, 우린 전부 네가 **보고 싶었다고.**"

트레이 친구가 그대로 따라 했다. 그 아이는 저스티스의 보호 구역 모형에서 집 한 채를 휙 잡아당겼다.

"너도 곧 이렇게 될 거야."

그 아이는 빈정대면서 집어 든 모형 집을 한 손으로 부숴 버렸다.

"수업 마치고 보자, 저스티스."

트레이가 미간을 찌푸리며 협박하는 투로 보자고 했다.

'이런 맙소사. 트레이가 나한테 무슨 짓을 하려는 거지?'

마지막 싸움

저스티스는 트레이에게 협박을 당한 뒤 수업에 집중하기가 힘들었다. 채리티가 과제를 발표하자 반 아이들은 모두 진지하게 받아들였다. 정말 열정적인 발표였기 때문에 아이들은 채리티의 말만 듣고도 토론토에 열광하게 되었다. 또한 저스티스가 옳았다. 다른 아이들은 채리티가 직접 상세하게 그린 CN 타워에 깊은 감명을 받았던 것이다. 저스티스는 내일까지 기다려야 자신의 발표 순서가 온다는 걸 알고 안심했다. 그러나 발표 순서가 늦어져서 기쁜 마음도 트레이와 그의 친구를 생각하니, 또 학교가 끝나고 집까지 걸어갈 일을 생각하니 금세 짓눌렸다.

'트레이가 수업 마치고 보자고 한 게 무슨 뜻일까?'

저스티스는 궁금했다. 뭐든 분명 좋은 일은 아닐 것이다. 저스티스는 자신이 정한 거리감을 지킬 수 있기를 바랐다.

"저스티스, 가정 통신문을 뒤로 돌리라고 했을 텐데?"

월슨 선생님이 의아한 표정으로 말씀하고 계셨다.

'왜 선생님 말씀을 못 들었지?'

저스티스는 어이없어하면서 월슨 선생님께 통신문을 받아 아이들에게 나눠 주었다. 그때 인터폰에서 립스위치 선생님의 목소리가 지지직대며 나왔다.

"월슨 선생님, 트레이 좀 교장실로 보내 주시겠어요?"

월슨 선생님이 고개를 끄덕이시자, 트레이는 교장실로 불려 가는 게 대수롭지 않은 일인 듯 일어나 교실 문으로 건들대며 태연하게 나갔다.

'트레이야 만날 불려 가는데 뭐, 큰일이야 있겠어.'

저스티스는 생각했다. 아주 잠깐 동안이긴 해도 트레이

가 사라진 게 기뻤다. 하루 수업이 금방 끝나고 아이들은 교실 문밖으로 몰려 나가 계단으로 향했다.

"다음에 봐, 지미."

저스티스는 눈으로 트레이를 찾으면서 말했다. 아직까지는 트레이가 안 보였다.

'트레이가 나한테 이런다는 게 믿기지 않아.'

그는 그렇게 생각하면서 채리티, 밴스, 또 다른 친구들과 어울려 학교 건물 밖으로 나갔다.

저스티스는 발표 준비를 다시 살펴보는 데 꼭 필요한 메모를 두고 온 게 갑자기 생각이 났다.

"채리티, 잠깐만, 나 교실에 뭐 두고 온 게 있어서 뛰어갔다 올게."

채리티가 볼멘소리로 말했다.

"저스티스! 그냥 두고 가면 안 돼?"

"안 돼. 그 메모가 꼭 필요해."

그는 대답하면서 벌써 손으로 학교 건물 현관을 열고 있었다.

저스티스는 한 번에 두 칸씩 계단을 뛰어 올라 복도로 들어서려고 모퉁이를 돌았다. 맥도널드 선생님이 반대쪽 끝에서 그를 보고 손을 흔들며 아는 체했지만, 그분 말고는 아무도 없었다. 학교는 아이들이 모두 있을 때 정신없던 분위기랑 달리 서늘하고 차분한 분위기였다. 저스티스는 학교에서 이런 고요함을 느낄 때가 참 좋았다.

저스티스는 교실 문 앞에 이르렀을 때, 안에서 어른들 목소리가 나는 것을 들었다. 윌슨 선생님이 누군가와 이야기하고 계셨다. 저스티스는 그냥 들어가도 되는 건지 아닌지 잘 몰라 교실 문 앞에서 잠시 서 있었다.

베이커 교장 선생님이 말씀하고 계셨다.

"사회 복지국에서 일하는 분이 오늘 트레이와 얘기하러 학교에 오셨더라고."

'그래서 오늘 오후에 트레이가 거기 가 있었구나.'

저스티스는 생각했다.

"그 아이네 집에서 벌어지는 파티에 대해 물어보던가요? 제가 선생님께 말씀드렸듯이 그 아이는 요즘 말도 못하게 지쳐 있죠."

윌슨 선생님이 물으며 말을 잇자 베이커 교장 선생님이 대답하셨다.

"자세한 건 잘 모르지만 지난주에 거기서 무슨 일이 일어났다는 건 알아요. 그 사람들이 트레이에게 물어보고 싶어했다는 일 말입니다. 하지만 내가 아는 건 그게 전부예요."

"음, 저는 그 사람들이 거기에서 벌어지는 일을 잘 감시하길 바랍니다. 이 일이 어떻게 끝날지가 보이는데, 그렇게 안 되었으면 좋겠어요. 트레이는 학교 수업에 마음을 붙이지 못하고 교실에서 자꾸 말썽꾸러기가 되고 있네요."

윌슨 선생님이 말씀하셨다.

'길거리에서 만나는 건 어떨까? 아니면 운동장에서 트레이와 어울려 볼까?'

저스티스가 생각에 잠겨 있을 때, 다른 선생님이 옆을 지나가며 물었다.

"저스티스? 무슨 일이야, 도와줄까?"

"아, 예, 아니오, 교실에 뭘 두고 와서 가지러 온 것뿐이에요."

저스티스는 자신이 엿듣고 있었다는 걸 깨달았다. 그래서 계속 듣고 있었던 티를 안 내려 애쓰면서, 학교에 막 도착한 듯이 교실 안으로 들어갔다.

"저스티스? 뭐 가지러 온 거니? 이 선생님이 벌써 보고 싶었구나?"

윌슨 선생님이 놀리셨다.

"아녜요, 제 메모를 두고 갔어요."

저스티스는 우물거리며 말했다. 평소에 저스티스는 윌슨 선생님과 서로 농담 주고받는 걸 좋아했지만, 오늘은 메모만 얼른 집어 들고 교실을 나서려 했다. 저스티스는 얼른 교실 밖으로 나가고 싶었다. 저스티스는 윌슨 선생님이 대화를 들었냐고 눈빛으로 물어보실 수도 있다고 느꼈다.

"좋아, 내일 보자, 저스티스."

윌슨 선생님이 말씀하셨다.

"잘 가라, 저스티스."

베이커 교장 선생님이 덧붙이셨다.

"안녕히 계세요."

저스티스는 어깨너머로 대답했다. 복도로 나오자 겨우 안심이 되었다. 저스티스는 트레이와 트레이 가족에 대해서 들은 이야기를 곰곰이 생각해 봐야만 했다. 트레이네 집은 저스티스네와는 정말 달랐다.

저스티스는 밖으로 나와 채리티랑 다른 아이들과 다시 어울려 가면서 계속 **곰곰이 생각했다.** 아이들은 서로서로 장난을 치고 있었고, 채리티는 늘 그렇듯 장난의 한가운데에 있었다. 저스티스는 자신이 다른 아이들처럼 속 편할 수 없다는 걸 깨닫고 마음속에서 화가 끓어오르는 걸 느꼈다. 도저히 느긋한 마음으로 농담을 하며 어울릴 수가 없었다. 그는 다시 어깨너머로 흘낏 돌아보았다. 트레이가 안 보인다……. 아직은.

저스티스는 채리티와 함께 학교 교문을 나서면서 일종의 긴장감이 서서히 사라지는 것을 느꼈다. 트레이는 어쩌면 오늘 말로만 그런 건지도 모른다. 저스티스는 채리티의 끝

164

없는 수다를 듣기 시작했다.

"그래서 내가 그림을 막 꺼내서 보여 줄 때, 그때 딱 CN 타워에 대해서 할 말을 까먹은 거야. 눈치챘어?"

채리티는 궁금해하며 저스티스의 얼굴을 빤히 쳐다보았다.

"저스, 대답 좀 해 줄래?"

"아냐, 눈치 못 챘어. 괜찮았어."

그는 말했다. 채리티는 저스티스의 애매한 대답을 알아채지 못한 듯했다.

"그래, 그럼 다행이야! 내 말은, 월슨 선생님이 그때 나한테 바로 질문해 주시지 않았더라면 말문이 막혀 서 있을 뻔했다는 거지."

저스티스는 채리티가 속으로 자신의 발표에 만족한다는 것을 알 수 있었다.

"그래, 내가 발표를 계속했던 건 정말 잘한 일이야."

채리티는 결론을 내렸다.

"그래."

저스티스는 아무 생각 없이 동의했다.

"채어! 저스!"

셔니의 목소리가 채리티의 발표 분석을 끊었다. 셔니는 숨을 헐떡거리며 이내 쌍둥이를 따라잡았다.

"휴우, 얘들아. 집에 가는 거야?"

"응, 지금 저스티스한테 내 발표 얘기를 하던 중이야."

채리티가 대답했다.

"채리티, 우리 모두 거기 **함께 있었잖아.**"

셔니가 머리를 절레절레 흔들며 큭큭 웃었다.

"알아. 하지만 얘기해 줄 거야. 있지……."

다른 거친 목소리가 끼어들어 채리티의 얘기가 끊어졌다.

"야, 이게 누구야?"

트레이였다. 트레이와 트레이의 노랑머리 친구가 갑자기 바로 뒤에서 나타났다. 저스티스는 심장이 뛰기 시작했다.

저스티스, 채리티와 셔니는 서로서로 쳐다보았다.

"그냥 집에 가자."

저스티스가 조용히 말했다. 세 사람은 모두 계속 걸어가려고 돌아섰다.

"지금 뭐하는 거야, 범생이?"

트레이는 세 사람을 그냥 보내지 않을 게 분명했다.

"여자애들 둘을 데리고 다니는 거야? 응?"

이미 두근대던 저스티스의 심장은 쿵쾅거리기 시작했다. 저스티스는 얼굴이 벌게졌다. 그는 트레이가 자신을 열받게 하려고 저런다는 걸 알았다.

'내면이 행복하지 않은 사람들에 대해 무슈이 뭐라고 말했었지?'

그는 트레이가 그런 사람들 중 하나라는 걸 알았지만, 그렇다고 자신들을 이렇게 괴롭힐 권리가 있는 건 아니다!

"야, 범생이, 지금 너한테 말하는 거야!"

트레이가 저스티스를 등 뒤에서 툭 치며 거칠게 미는 바람에 저스티스는 중심을 잃었다. 저스티스는 비틀거렸지만 넘어지지는 않았다.

"우리를 그냥 내버려 둬, 트레이."

저스티스는 뒤로 물러서며 단호한 목소리로 말하려고 했으나, 작고 분명하지 않은 목소리가 나왔다.

"난 그러고 싶지 않은데, 범생이."

트레이는 이렇게 말하면서 저스티스의 멱살을 잡고 끌어당겨 여자아이들과 저스티스를 떼어 놓았다.

"너랑 네 꼬맹이 여자 친구들이 날 괴롭히잖아."

트레이는 계속 말하면서 이를 악물었다.

"그리고 이번에는 또 그때처럼 너를 숨겨 줄 파얀 선생님이 있는 것도 아니고!"

저스티스는 어떻게 해야 할지 생각이 안 났다. 트레이 말이 맞다. 지금 주변에는 어른들이 아무도 **없다**. 트레이와 트레이 친구, 그리고 저스티스와 여자아이들만 있을 뿐이었다. 트레이는 더 가까이 다가왔다.

"지금 이 순간부터는 내 앞에서 꺼지는 게 좋을 거야."

트레이가 이렇게 말했다. 저스티스는 조롱하듯 웃어 보이면서 두려움을 감췄다.

"맘대로 해."

저스티스는 어깨를 으쓱하며 다시 한 번 트레이로부터 비켜서려고 애썼다.

그렇게 저스티스가 트레이로부터 떨어지자 트레이는 다시 저스티스를 밀쳤다. 이번에는 세게 밀었다. 저스티스는 뒤로 휘청거리다가 큰 소리를 내며 쾅당 넘어졌다. 아주 잠깐 동안 저스티스는 붉은 빛 사이로 트레이를 보면서 다시 일어서려고 애썼다. 트레이가 무슨 말인가 하고 있었지만 잘 알아들을 수가 없었다. 채리티와 셔니도 소리를 지르고 있었는데, 그 역시 무슨 말인지 구별할 수가 없었다.

저스티스가 일어나자마자 트레이가 눈에 불을 켜고 덤벼들었다. 저스티스가 피하기도 전에 트레이는 저스티스의 멱살을 잡고 다시 넘어뜨렸다. 저스티스는 정신을 차리려고 애쓰면서, 트레이가 주먹을 휘두르자 본능적으로 발을 앞으로 뻗어 트레이의 배를 찼다.

놀란 트레이는 아파서 뒹굴었다. 이 틈을 타 똑바로 선 저스티스는 이제 피하려고 하지 않았다. 저스티스는 트레이 쪽으로 주먹을 쥐고 권투 자세를 하며 다가갔다. 그때 갑자기 뒤에서 누가 그를 붙잡았다. 트레이의 친구였다! 트레이 친구가 거기 있다는 걸 까먹고 있었다. 저스티스가 그

녀석으로부터 벗어나려고 발버둥 치는 동안 트레이는 똑바로 서서 저스티스가 붙잡혀 있는 걸 보고 비웃으며 다시 거들먹댔다.

저스티스는 트레이가 주먹을 허공에 휘두르며 다가오기 직전 겨우 벗어났다. 저스티스는 주먹을 막아 보려 애썼지만, 트레이는 덩치가 더 컸고 저스티스는 싸움을 해 본 적이 없었다. 트레이의 커다란 주먹이 여러 번 저스티스의 머리와 배를 세게 쳤다. 저스티스는 두 팔로 얼굴을 감싼 채 막아 내느라 트레이를 한 대도 제대로 치지 못했다.

마침내 트레이가 마지막 한 방을 휘둘러서 저스티스의 머리를 정통으로 쳤다. 저스티스는 땅에 고꾸라졌다. 귓속이 윙윙 울렸다. 이때쯤 채리티와 셔니가 지르는 비명 소리를 듣고 두어 명의 이웃들이 집에서 나왔다. 트레이는 몇몇 어른들이 모이는 걸 흘낏 둘러보고 재빨리 친구에게 손짓을 했다. 그들은 눈 깜짝할 사이에 골목길 너머로 사라져 버렸다.

저스티스는 길가에 미동도 없이 누워 있었다.

그래도 누군지 말할 수는 없어

채리티와 셔니는 허겁지겁 저스티스에게 다가갔다. 채리티는 울고 있었다.

"저스티스, 괜찮아? 피 나잖아!"

저스티스는 천천히 일어나 우물거렸다. 어지럽고 머릿속이 복잡했다. 코에서 피가 나 재킷 위로 흘러내렸다. 그는 손으로 코피를 닦으며 입안에 고인 피를 길가에 뱉었다.

"자, 집에 가자."

채리티는 셔니와 함께 저스티스를 일으켜 세우며 말했다.

"이거 받아라."

나이가 좀 들어 보이는 아주머니가 저스티스의 손에 물수건을 쥐어 주셨다.

"고맙습니다."

저스티스는 우물거리며 대답했다. 저스티스는 물수건으로 코를 막고 천천히 집 쪽으로 걷기 시작했다.

셔니는 그때까지 아무 말이 없었다.

"난 트레이가 정말 무서워! 저스티스, 그 애가 널 죽일지도 몰라!"

갑자기 터져 나온 셔니의 목소리는 떨렸고 눈에는 눈물이 그렁그렁했다.

"우리 이제 **어떻게 할까?**"

"아무것도. 아무것도 하면 안 돼."

저스티스는 내뱉었다. 그러자 채리티가 대꾸했다.

"저스, 이건 심각해질 거야. 교장 선생님께 말씀드리거나 아니면 적어도 엄마한테는 무슨 일이었는지 말해야 돼."

"절대 안 돼! 우리가 말하면 다음엔 더 나빠질 뿐이야. 어

172

른들이 트레이를 불러서 나무랄 거고, 그러면 트레이는 또 내 뒤를 쫓아올 거야. 나는 트레이가 나를 미워할 이유가 더 생기는 걸 바라지 않아."

그들은 아무 말 없이 나란히 걸었다. 코피가 거의 멎긴 했지만 저스티스는 그래도 얼굴에 물수건을 대고 있었다. 저스티스는 트레이가 이렇게까지 위험한 아이인지 몰랐다.

'불행한 사람들을 무시하면 그만큼 그 사람들도 나를 진짜 불행하게 만들 수 있는 거야.'

저스티스는 이렇게 생각했다. 그는 올바르게 행동하려고 애썼지만, 그게 자신에게도 옳은 행동인지는 확실하지 않았다. 채리티가 다시 그를 돌아보며 말했다.

"저스, 엄마에겐 무슨 일이 있었는지 말씀드리는 게 어때? 대신 베이커 교장 선생님한테는 누가 그랬는지 얘기하시지 않겠다고 약속을 받으면 되잖아?"

채리티가 제안했다.

"베이커 교장 선생님이 트레이가 그랬다는 걸 알면 트레이가 야단맞을 테고, 그러면, 맞아. 트레이는 다음번에는 오빠한테 더 나쁜 짓을 할 테니까!"

채리티의 목소리는 마지막 문장을 말하면서 두려움에 질려 있었다.

"모르겠어. 어쩌면 그럴지도."

저스티스는 우물거렸다.

저스티스와 채리티는 골목길을 돌아 셔니의 집까지 걸어갔다. 세 사람이 대문 앞에서 잘 가라고 인사를 나눌 때, 셔니는 저스티스에게 창백한 미소를 지으며 손으로 반쪽짜리 하트 모양을 그려 보였다.

"괜찮길 바라, 저스."

"그래, 고마워."

저스티스는 셔니가 집 안으로 뛰어들어 가는 걸 보면서 중얼거렸다.

"저스티스, 우리 트레이 일을 어떻게 하지?"

셔니가 사라지자마자 채리티가 다시 말했다.

"생각해 볼게. 무슘은 그 아이를 무시하라고 말씀하셨지만, 그게 효과가 없어."

"그 애랑 다시 싸우면 안 돼. 저스, 그 앤 너무 크고 힘이 세잖아!"

저스티스는 대답하지 않았다. 그는 채리티 말이 옳다는 건 알았지만 무슨 말을 해야 할지 알 수가 없었다.

채리티는 저스티스가 코피를 흘리고 상처가 난 얼굴을 깨끗이 세수하도록 도와주면서 트레이 일에 대해 어떻게 해야 좋을지 의논했다.

"엄마한테 뭐라도 얘기해야만 해, 저스. 우선 엄마가 오빠한테 무슨 일이 있었는지 알고 싶어 하실 거 아냐!"

"알아, 알아. 다만 엄마가 알게 되면 베이커 교장 선생님한테 말씀을 안 하실지 그걸 모르겠어."

저스티스는 채리티 말이 틀렸다는 듯이 말했다.

"엄마는 이해하실 거야, 저스티스. 엄마는 이런 게 무슨 일인지 아시잖아."

채리티가 이유를 댔다. 하지만 저스티스는 채리티에게 반대하며 말했다.

"몰라, 엄마는 몰라. 엄마는 어른이잖아. 어른들은 아이들이 어떤 일을 못하도록 말로 하면 막을 수 있다고 생각해."

저스티스는 이렇게 말하면서도 전에 수영장에 다녀와서 엄마가 어떤 사람과 전화 통화하던 걸 우연히 들었던 게 기억났다. 엄마는 신경을 쓰면서 상대편 사람이 누군가에게 말을 전하게 하려고 애쓰고 있었지만, 그 사람이 어른인 이상 그걸 억지로 시킬 수는 없었다. 엄마가 나한테도 똑같이 그렇게 해 주실까? 알 수 없는 일이었다.

저스티스와 채리티는 마지막으로 남은 배녁과 주스를 간식으로 먹으면서 자신들의 고민거리를 놓고 계속 실랑이를 했다. 처음에 저스티스는 채리티가 자꾸 간섭하는 듯해서 화가 났다. 그렇지만 나중에는 자신을 도와줄 가족이 곁에 있으며, 일을 악화시킬 행동은 하지 않을 거라는 걸 깨닫고 마음이 놓이기 시작했다. 적어도 나쁜 일이 일어나지 않게 애써 볼 수는 있는 것이다.

엄마가 일을 마치고 집에 들어설 때, 저스티스는 현관 입구에서 엄마를 맞았다.

"저스티스, 무슨 일이야? 괜찮아?"

엄마는 지갑을 떨어뜨리며 비명을 지르셨다.

"엄마, 말씀드릴 게 있어요."

저스티스가 말했다. 그는 소파로 걸어갔다. 엄마는 저스티스를 바로 뒤따라가서 나란히 함께 앉았다. 채리티의 걱정스러운 얼굴이 엄마의 얼굴 옆에서 어른거렸다.

엄마는 저스티스가 말하기를 기다렸다. 엄마는 두 손을 비비면서 두 아이를 번갈아 찬찬히 바라보셨다. 저스티스가 이야기를 시작했다. 그는 엄마의 근심스러운 얼굴을 살짝 보았다.

"엄마, 무슨 일이 있었는지 그때 전부 다 말씀드리지 않았어요. 사실은 학교에 우리를 괴롭히는 아이가 있었어요. 그 아이가 오늘 저를 때려눕혔고요."

엄마는 뭔가 이야기를 시작하려 하셨으나, 저스티스가 말을 가로막았다.

"누구인지 말씀드릴 수는 없어요, 엄마. 그러니 묻지 말아 주세요. 우리 때문에 정말 화가 많이 나실 거란 거 알아요. 하지만 이번 일에 대해선 우리가 어떻게 할 수가 없어요. 저는 다만 엄마께 사실을 말씀드리고 싶었어요."

이렇게만 이야기했는데도 어깨가 가벼워지는 느낌이었다. 저스티스는 여태 어깨가 무겁게 짓눌리고 있었다는 것도 미처 몰랐다.

"세상에……. 저스, 얼마나 오랫동안 이랬던 거니? 엄마한테 미리 얘기해 줬더라면 좋았을 텐데!"

걱정으로 울상이 되어 저스티스를 품에 안으시는 엄마의 눈에 눈물이 가득했다.

저스티스는 엄마의 관심과 염려하는 마음을 느꼈다.

"좀 됐어요. 하지만 엄마가 다른 사람에게 말씀하실까 봐 걱정되어서 한마디도 안 하고 있었어요."

엄마는 저스티스를 부둥켜안고 함께 소파에 기대었다. 채리티가 곁에서 두 사람을 꼭 껴안았다. 엄마는 무언가 생각하고 계신 듯했다. 엄마가 먼저 이야기를 시작하셨다.

"저스, 누가 그랬는지 엄마가 알길 바라지 않았다는 건 이해하겠구나. 하지만 엄마는 이 일이 무슨 일인지 베이커 교장 선생님께 말씀드려야 한다고 생각해. 이건 학교에서 시작된 일이니, 교장 선생님이 막아 주실 필요가 있어."

"하지만 엄마, 그게 바로 진짜 문제예요. 이건 학교에서만 일어난 일이 아니에요! 그리고 베이커 교장 선생님이 이 아이를 야단치시면 이 아이는 저한테 분풀이만 더 크게 할 뿐이라고요."

저스티스는 엄마의 제안을 들자마자 너무 놀라 정신없이 목소리가 높아졌다.

"베이커 교장 선생님한테 무슨 일이 있었는지만 말하는 것도 안 되겠니? 학교와 관련된 문제니까 선생님도 아셔야만 해."

"싫어요, 그 애가 저한테 더 크게 분풀이하는 건 싫어요!"

"그래. 알았어, 저스. 그런데 엄마는 베이커 교장 선생님한테 절대 아무 말도 않겠다고 약속은 못 하겠구나. 우리 좀 더 생각해 보자, 응?"

내가 해냈다는 게 믿기지 않아!

다음 날 아침 일어나 보니 저스티스는 머리에 여기저기 상처가 나 있었다. 양쪽 뺨은 멍이 들었고 코는 너무 아파서 건드릴 수도 없었다. 꼴좋군! 오늘은 저스티스가 과제 발표를 하기로 한 날이다.

'이런 꼴로 어떻게 친구들 앞에 서지?'

저스티스는 마음 같아서는 달아나 숨고 싶었지만 어쨌거나 샤워를 하러 갔다.

샤워기에 온수를 틀어 놓고 물을 맞으면서 어제 엄마가

상처를 보고 하신 말씀이 떠올랐다. 엄마는 매우 화가 나셨다. 하지만 저스티스는 베이커 교장 선생님께 말씀드리지 않는다는 약속을 기어이 받아 내고 나서야 싸운 아이가 트레이였다고 말씀드렸다. 그는 채리티에게도 역시 말하지 않겠다는 약속을 받았다. 엄마가 학교에 전화해서 트레이 일을 말씀하시면 트레이는 화를 낼 테고 싸움만 더 커질 뿐이었다.

저스티스가 식탁에 앉자 엄마가 나란히 옆에 앉으셨다. 평소에는 그러지 않으셨다. 대개는 저스티스와 채리티가 아침을 먹는 동안 엄마는 도시락을 싸느라 바쁘셨다.

"있잖아, 저스티스. 네가 겪은 일을 보니 엄마가 예전에 학교 다닐 때 겪었던 일이 생각나더라. 신시아라는 아이가 있었는데, 그 아이는 항상 화가 나 있었지. 신시아는 선생님들에게 화를 냈고, 운동장에서 싸움을 했어. 그냥 화가 나서. 하루는 신시아와 그 아이의 못된 친구 둘이 학교가 끝나고 엄마를 괴롭히기 시작했어. 그 아이들은 엄마를 욕하고 엄마 친구들을 때렸지."

"왜요?"

저스티스가 궁금해서 참지 못하고 끼어들었다.

"신시아가 엄마를 미워한다고 생각했는데, 사실 왜 그랬는지는 정말 모르겠더라. 그 아이들은 며칠 뒤 또 그러더니 며칠 뒤에 또 그러고. 얼마 안 있어서 엄마는 늘 신시아가 어디 있는지 둘러보게 됐어. 가끔 방과 후에 신시아가 안 보일 때도 있었지만 언제 나타날지 알 수가 없었지."

이제 저스티스는 먹는 걸 멈추고 이야기를 듣고 있었다.

"며칠 동안 학교에 안 가려고 했어. 코쿰과 무슙은 뭐가 **잘못된 건지** 모르셨지. 엄마는 항상 학교 가는 걸 좋아했거든! 한 번은 엄마가 너무 아파서 그런다고 생각하셔서 모나크 시에 있는 의사에게 데려가기도 하셨어."

저스티스는 고개를 끄덕였다. 저스티스도 가끔 트레이를 피해 학교를 빼먹고 싶을 때가 있었다.

"그러다 어느 날 엄마가 꾀병을 부리고 있는데, 코쿰이 봐주질 않는 거야. 할머니는 엄마가 열도 없고 목젖도 안 부었고 괜찮은 게 확실하다고 말씀하시면서, 학교에 가라고 문 밖으로 엄마를 거의 밀어내다시피 한 거야. 그때는 이미 수업에 늦은 시간이라 학교까지 뛰어가야 했어. 학교에 거의 다왔을 때 신시아가 다른 아이를 괴롭히고 있는 걸 봤어! 더 어린 여자아이를! 믿을 수가 없었지! 다른 누군가가 나랑 똑같은 문제를 겪고 있는 줄은 몰랐거든."

'셔니도 그렇잖아!'

저스티스는 생각했다.

"그 다른 아이는 얼마 동안 참더니, 곧 진짜 이상한 행동을 했단다. 그 아이는 신시아 바로 앞에 서서 이렇게 말했어. '신시아, 넌 나를 더 이상 괴롭히지 못할 거야.' 그러더니 나를 가리키며 말하는 거야. '나랑 마거릿은 네가 우리를 괴롭히는 걸 용서하지 않을 거야. 그냥 내버려 뒀으면 좋겠어. 이제 눈앞에서 사라져!'

그리고 어떻게 됐는 줄 아니? 그 뒤론 신시아가 우리 둘을 다시는 **괴롭히지 않았어.** 내가 아는 한 신시아는 늘 말썽을 부렸지만 나를 따라다니면서 괴롭히는 건 그만뒀지. 그때 나는 깨달았어. 신시아는 항상 자기보다 어리거나 겁

183

먹는 아이를 골라서 괴롭혔던 거야. 자기보다 나이가 많거나 맞서 싸울 수 있는 아이는 절대로 괴롭히지 않았어."

엄마가 다시 물어보셨다.

"저스티스, 베이커 교장 선생님한테 누가 너랑 싸웠는지 엄마가 말씀드리는 게 어떨까?"

채리티는 의자에서 몸을 움츠렸다. 채리티는 엄마 생각에 드러내고 반대하고 싶진 않았지만 저스티스가 어떤 기분일지 이해했다. 채리티도 무료 급식소에서 학교로 돌아오는 길에 자신을 못살게 군 아이들이 트레이와 그 친구들이었다는 사실을 엄마에게 말하지 않았다.

저스티스가 볼멘소리로 말했다.

"엄마, 더 이상 그 얘긴 묻지 마세요."

"하지만 얘야, 우리는 이 일을 베이커 선생님께 알려 드려야만 해. 무슨 일인지 학교에서 알아야만 한다고!"

"그 문제는 제가 해결할게요."

저스티스는 엄마에게 확신을 주려고 애쓰면서 대답했다.

'엄마가 내 말을 믿을까?'

저스티스의 질문은, 얼마 후 베이커 교장 선생님이 몇 개 학급을 모두 체육관으로 부른 그날 아침에 답이 나왔다. 선생님은 학교 운동장에서나 학교에서 집까지 오가면서 괴롭히거나 싸우는 일에 대해 말씀하셨다. 베이커 교장 선생님은 엄마가 말했을 만한 이야기 몇 가지를 언급하셨다.

'엄마가 결국 베이커 교장 선생님께 전화하셨나? 무슨 얘길 하신 거지?'

"불량배들은 여러분 몸만이 아니라 마음과 감정도 해칩니다. 모든 학생들은 학교에서 안전하다고 느껴야 합니다. 왕따나 괴롭힘을 당하면 저나 다른 선생님들 중 어느 분께라도 얘기할 수 있어야만 합니다.

불량배들은 우리 모두를 해칩니다. 우리가 괴롭힘당하는 장본인이 아니라 해도 불량배들은 안전해야 할 우리의 학교와 마을을 무서운 곳으로 만듭니다. 불량배들은 우리가 우리 자신답게 살 수 없도록 합니다. 그래서 우리는 우리에게 필요한 일을 배우고 행하지 못하게 됩니다."

저스티스는 훈화를 듣는 동안 귀가 확 달아오르는 느낌

이었다. 저스티스는 교장 선생님 말씀과 상관없는 듯 태연한 척하려고 애썼다.

"불량배들은 대개 마음이 아픈 사람들입니다."

교장 선생님이 이렇게 말씀하시자, 강당 안이 쥐 죽은 듯 조용해졌다.

"사람들이 여러분을 좋아하지 않으면 여러분은 자신에 대해 긍정적인 감정을 갖기 어렵습니다. 그렇지 않나요?

여러분이 어떤 어려움에 처할 때, 현실에서 여러분을 도울 수 있는 사람은 어른들입니다. 괴롭힘을 당하는 건 여러분이 겪을 수 있는 어려움 중 하나입니다."

교장 선생님은 이렇게 설명하셨다.

저스티스는 트레이를 슬쩍 훔쳐보다가 분노에 타오르는 눈빛과 마주쳤다. 그건 저스티스에게 안 좋은 신호였기에 그때부터 교장 선생님 말씀에 집중하기가 힘들었다.

점심시간이 끝나고 아이들의 과제 발표 시간이 왔다. 칠판에 저스티스의 이름이 네 번째로 써 있었다.

'저렇게 오랫동안 어떻게 기다리지?'

저스티스는 반 친구들이 발표자들에게 물어보는 질문을 받아 적으려고 했지만, 다른 친구들이 발표하는 내용이 거의 귀에 들어오지 않았다.

금방 저스티스의 차례가 왔다. 교실 옆벽 전시대에 놓여 있던 보호 구역 모형을 찾아서 들고 말할 준비를 하며 교실 앞으로 걸어 나가는데, 교실 앞이 몇 킬로미터나 멀리 떨어져 있는 듯했다. 저스티스가 막 얘기를 시작하려는데 아이들이 좀 소란스럽자 윌슨 선생님은 저스티스에게 잠시 기다리라 하고 아이들을 조용히 시켰다. 발표를 시작하기 전에 모형을 훑어보면서 저스티스는 많은 시간 공들여 이걸 만든 게 기뻤다. 정말 실물을 축소한 것처럼 보였다. 트레이의 단짝이 망가뜨린 것도 애써서 다 복구시켰다. 페인트칠한 조그만 상자 집 옆에는 작은 안뜰이 있는데, 거기서 코쿰과 무슘이 일하고 있는 모습도 만들었다.

마침내 윌슨 선생님이 저스티스에게 시작하라는 신호를 보내셨다. 저스티스가 막 보호 구역에 대해 말하려고 할 때, 지미가 평소처럼 제일 뒷줄에서 꼼지락대고 돌아다니면서 소리를 질렀다.

"우와, 저거 **우리** 보호 구역이랑 **똑같아!**"

"그래 맞아, 지미. 하지만 지금은 저스티스가 이야기할 차례잖아."

월슨 선생님이 나무라셨다. 지미는 곧 자기 자리로 돌아가 앉았지만 저스티스는 지미가 보여 준 관심 덕분에 힘이 났다.

"여러분 중 정말 가고 싶고, 또 실제로 찾아갈 수 있는 특별한 장소를 가진 사람은 몇 명이나 될까요?"

저스티스는 학급 친구들에게 물었다. 그는 트레이가 협박하듯 최대한 험상궂게 얼굴을 찌푸리는 걸 무시하면서 학급 전체를 둘러보았다. 많은 아이들이 손을 들었고 몇 명은 큰 소리로 자기 생각을 말하고 있었다.

저스티스는 친구들 전체를 보며 말했다.

"이 보호 구역은 저에게 특별한 장소인데, 왜 그런지 말씀드릴게요. 거기에 가면 바깥을 자유롭게 뛰어다닐 수 있습니다. 저와 제 친구들. 네, 제 친구들과 저는 덤불숲에 비밀 본부도 만듭니다. 토끼 사냥도 하고 낚시도 하지요."

저스티스는 자랑스럽게 말했다. 그는 당당하게 서서 평소보다 힘차고 또렷한 목소리로 자신이 사랑하는 장소에 대해 발표했다.

아이들은 이제 모두 귀 기울여 듣고 있었고 윌슨 선생님은 고개를 끄덕이며 뭔가 메모를 하셨다.

"보호 구역에서 제일 좋은 점은 저의 코쿰과 무슘이 거기 살고 계시다는 겁니다."

저스티스는 계속 말했다. 그때 트레이가 비웃었다.

"코쿰과 무슘이라니, 누가 그렇게 말해?"

트레이 주변의 몇몇 아이들이 큰 소리로 쉿 하며 트레이를 조용히 시켰다. 저스티스는 마음속에서 트레이를 밀어내고 관심을 가져 주는 아이들에게 집중했다.

"우리 무슘은 저에게 스노모빌 수리를 도와 달라 하시고, 또 그걸 운전해 보라고도 하십니다."

몇몇 아이들이 감동을 받아 '우와!' 하고 소리 질렀다.

저스티스는 많은 아이들이 그러지 못한다는 걸 알고는 이렇게 덧붙였다.

"저는 토끼 덫도 직접 만들어 봤는데요. 토끼가 잘 잡혔습니다."

이 말을 하자 모든 아이들이, 윌슨 선생님까지도 감동받은 듯했다.

저스티스의 나머지 발표는 순탄하게 흘러갔다. 무슨 말을 했는지 거의 기억도 안 났다. 아이들이 깊은 **관심을 보이자**, 저스티스는 구름을 타고 나는 기분이 들었다.

'게다가 난 무슨 말을 해야 할지 까먹지도 않았잖아.'

저스티스는 자신이 정말 이렇게 할 수 있었다는 게 믿기지 않았다. 어쩌면 그동안 아이들은 보호 구역에 대해 **정말** 듣고 싶어 했던 걸지도 모른다. 저스티스는 얼른 집에 가서 엄마와 무슘, 코쿰에게 자신이 얼마나 잘했는지 말하고 싶었다.

"저스! 정말 잘하더라! 내가 들어보지 못했던 이야기까지 더 했잖아. 진짜 용감해!"

학교가 끝나고 가방을 싸는데 채리티가 옆에 와서 말했다. 그리고 그때 윌슨 선생님 목소리가 들렸다.

"잘했어, 저스티스. 특별한 장소라고 해서 꼭 멀리 있거나 이국적일 필요는 없다는 걸 우리 모두에게 일깨워 줘서 고맙구나."

"감사합니다."

저스티스는 자랑스러워서 다시 볼이 빨개졌다.

윌슨 선생님이 말씀을 잠깐 멈추셨다.

"코쿰과 무슘께 자주 가니? 너희는 정말……. 그분들이 계시다니 정말 운이 좋구나."

저스티스가 대답했다.

"음, 아주 자주 가진 못 하지만 몇 주 전에 다녀왔어요. 그때 무슘과 제가 스노모빌을 손질했거든요."

"그래, 자신의 뿌리를 기억하는 건 정말 좋은 일이지. 나도 조만간 우리 가족을 보러 가야겠구나."

윌슨 선생님은 생각에 잠겨 계속 말씀하셨다.

"어쨌든, 아주 잘했다. 전혀 떨지 않던데."

저스티스는 큰 소리로 웃음을 터트릴 뻔했다.

'떨지 않아 보였다고? 부디 그랬길! 내가 해냈다는 게 믿기지 않아!'

저스티스는 계속 싱글벙글 웃었다.

저스티스의 가벼운 마음은 오래가지 못했다.

교장 선생님이 체육관에서 괴롭힘당하는 일에 대해 훈화하실 때 걱정했던 게 맞았다. 저스티스가 집에 가려고 건물 현관을 나섰을 때, 트레이와 트레이의 몇몇 친구들이 정글짐에서 빠져나와 저스티스를 향해 성큼성큼 걸어왔다.

정의를 위하여

"**잘 들어**, 지질이. 우리가 아주 곤란해지기 전에 모든 사람에게 떠들고 다니는 걸 그만두는 게 좋을 거야. 무슨 말인지 알아들었지?"

트레이는 평소보다 더 화가 난 듯 보였고 저스티스는 가슴이 턱 막히면서 위가 쓰리고 아팠다. 그는 자신과 트레이 주위로 몇몇 사람들이 모여든다는 걸 눈치챘다.

'나는 영원히 도망 다녀야 하는 걸까? 언제가 되면 이게 끝날까?'

저스티스는 주위를 슬쩍 둘러봤다. 채리티, 밴스, 셔니와 반 친구들이 몇몇 보여서 고마웠다. 등 뒤에 친구들이 서 있다고 생각하자 용기가 났다. 심지어 지미도 거기 있었다.

"아니, 트레이. 네가 더 이상 나를 괴롭히지 못할 거라고만 알아들을게."

저스티스는 말하면서 자기 목소리가 힘차서 스스로도 놀랐다.

트레이는 뭔가 말하려는 듯 입을 크게 벌렸지만 저스티스는 돌아서서 걸었다. 트레이가 등 뒤에서 저스티스를 거칠게 밀며 소리쳤다.

"넌 여기서 못 가, 지질이!"

"아니, 난 가. 난 갈 거야."

저스티스가 대답을 하는데, 목소리가 거의 안 떨렸다. 저스티스는 대답한 뒤 뚜벅뚜벅 걸어갔다. 친구들이 뒤를 따라 걸어왔다.

"후회하게 해 줄 테다, 저스티스 스토니플레인! 언제까지 여자 친구들한테 둘러싸여 보호받는지 두고 보자고!"

트레이는 따라오면서 악을 썼다.

저스티스는 다리가 후들후들 떨리고 심장이 두근거렸지만 트레이를 무시하고 계속 걸었다. 트레이와 간격이 벌어질수록 아이들 몇 명이 저스티스의 등을 툭툭 두드렸다.

"계속 가, 저스!"

밴스가 소리쳤다.

"맞아, 내 말이!"

다른 아이가 말했다.

"트레이한테 겁먹을 거 없어."

세 번째 아이가 용감하게 맞장구를 쳤다.

채리티와 셔니는 저스티스와 함께 가면서 서로 미소를 지었다. 아이들은 저스티스와 서로서로 축하하면서 거리를 따라 계속 내려갔다. 저스티스는 슬며시 웃었지만 속으로는 이제 또 **무슨 일이 일어날지** 몰라 마음이 놓이지 않았다.

다음 날 학교에서 아이들은 **와글와글 떠들어댔다.** 트레이가 없었는데, 왜 안 왔는지 아무도 확실히 몰랐다. 트레이네 집에서 큰 파티가 있었다는 소문이 돌았다.

"트레이네 집에 경찰차가 여덟 대나 왔다고 들었어!"

한 여자아이가 말했다.

"내가 개랑 같은 거리에 사는데, 한밤중에 오랫동안 사이렌 소리가 들렸어."

다른 아이가 자세히 말해 주었다.

"경찰이 트레이네 형을 다시 감옥에 잡아갔다고 들었어."

세 번째 아이가 모두에게 말했다.

"그럴 리가 없어, 제이슨. 파티 좀 했다고 경찰이 사람을 감옥에 잡아가진 못 해."

다른 아이가 말했다.

이야기는 이런 식으로 계속 이어지다가 수업 종이 울리자 아이들은 한 줄로 서서 학교 건물 안으로 들어갔다.

저스티스는 윌슨 선생님이 출석을 부르실 때 **조금 안심이 되었다.** 선생님은 트레이 이름을 부를 차례가 되자 잠시 멈추더니 거의 혼잣말로 말씀하셨다.

"오 그래, 트레이는 며칠 안 나오지."

선생님은 출석부에 그렇게 표시하셨다.

'며칠 동안 학교를 안 온다고? 그게 무슨 뜻이지? 감옥에 간 걸까?'

저스티스는 궁금했다.

저스티스는 갑자기 불행한 사람들은 남도 불행하게 하려고 애쓴다는 무슈의 말씀이 떠올랐다. 저스티스는 어쩌면 블랙퀼 씨가 그 그룹에 있었을지도 모른다고 생각했다. 어쩌면 트레이도 거기 있었을지 모른다. 저스티스는 트레이가 자신을 그토록 미워하는 이유가 뭔지 100번도 넘게 생각해 봤다. 어쩌면 저스티스와는 전혀 상관없는 이유일까?

"블랙퀼 씨에게는 나처럼 매일 얘기할 수 있는 코쿰 같은 사람이 없단다."

무슈의 말이 생각났다.

'트레이는 얘기할 사람이 있었을까? 그 아이가 아는 거라곤 싸움뿐이야.'

저스티스는 자신의 가족이 가끔은 너무 곁에 있다고 생

각할 만큼, 언제나 곁에서 자신의 편이 되어 준다는 걸 다시 떠올렸다.

저스티스는 지난밤 무슘과 나누었던 대화를 곰곰이 생각해 보았다.

"저스티스, 난 네가 멋지게 발표할 줄 알았다! 이 무슘에 대해서도 얘기했니?"

할아버지는 기뻐하시면서, 말씀 중에 큭큭큭 웃으셨다.

"물론이죠. 했어요, 무슘. 모든 친구들 앞에서 할아버지가 저한테 토끼 덫 만드는 법이랑 스노모빌 고치는 법을 어떻게 가르쳐 주셨는지 얘기했어요."

무슘이 오랫동안 너무 조용해서 저스티스는 전화가 혹시 끊겼나 생각했다.

"무슘?"

"이 무슘은 네가 정말 자랑스럽구나, 우리 손자. 넌 나중에 정말 훌륭한 사람이 될 거야."

할아버지는 마침내 말씀하셨다.

저스티스는 월슨 선생님이 아침 공부 시험지를 나눠 주시는 바람에 어젯밤 생각을 멈췄다.

그 주 마지막 날, 트레이는 학교로 돌아왔다. 그런데 행동거지가 조금 달라져 있었다. 우선 머리를 짧게 자르고 새로 산 가방을 메고 있었다. 반짝이는 네온 색의 멋진 책가방이었다. 저스티스는 무슨 일인지 의아했다.

쉬는 시간에 아이들이 학교 건물 밖으로 물밀듯이 몰려나올 때 저스티스는 아이들에게 떠밀려 트레이와 부딪혔다.

"잘 보고 다녀, 스토니플레인."

트레이는 주먹을 쥐어 올리며 으르렁대듯 말했다. 저스티스는 곧 벌어질 싸움에 마음을 다잡았지만, 트레이는 그냥 친구에게 돌아가 하던 얘기를 계속했다.

"그러니까 내가 어디서 지내는지 주소를 알려 줄게. 데이비스 하우스(토론토에 있는 청소년 교화소)라는 곳이야."

저스티스는 의아했다.

'그렇구나. 근데 잘 보고 다니라고?'

트레이의 친구인 노랑머리 남자아이는 데이비스 하우스

에 있다는 말을 듣더니 눈썹이 치켜 올라가면서 두 눈이 휘둥그레졌다. 그러곤 비명을 질렀다.

"우리 형이 데이비스 하우스에 잠깐 있었어! 거긴 정말 엄하다던데."

"그래, 그래도 그 사람들 좋던데."

트레이는 어깨를 으쓱하며 말했다. 저스티스는 정글짐으로 다가가며 생각했다.

'와, 이게 무슨 일이야? 어쩌면 트레이는 거기 있는 동안은 깡패들로부터 안전할지도 몰라.'

저스티스는 트레이가 자신을 무시한 이유가 뭔지 궁금했지만, 그렇게 무시해 준 게 고마웠다.

"안녕, 셔니? 오늘 우리랑 같이 집까지 걸어갈래?"

저스티스는 운동장을 가로지르며, 큰 소리로 셔니를 불러 말했다.

"좋아."

셔니는 입가에 살짝 미소를 지으며 대답했다.

"그래."

저스티스는 따뜻하게 대답했다. 평소처럼 그것 말고는 달리 더 할 말이 없었다. 그는 혼자 큭큭 하고 웃었다.

'모든 게 다 변하는 건 아닐 거야. 언젠가는 셔니에게 할 멋진 말이 떠오르겠지. 어쩌면 무슈에게 좋은 생각이 있을지도 몰라.'

저스티스는 생각했다. 그러고는 정글짐으로 뛰어갔다. 거기에는 밴스가 매달려 빙글빙글 돌면서 평소처럼 원숭이 흉내를 내고 있었다. 밴스가 불렀다.

"어이, 저스티스! 이리로 올라와!"

감사의 말

우리 아이들, 애나마리아와 대니얼, 그리고 마이클.
너희는 엄마에게 온 세상이란다.

한없는 사랑과 믿음, 인내심으로 나를 지켜 준 헤더에게.
나로 하여금 아동 문학의 특성을 끊임없이 발견하면서
글을 쓸 수 있도록 영감을 주는 우리 학생들에게.
우리 가족, 특히 여러 해 동안 더없이 소중한 도움을 주
신 나의 아버지 에드!

이 모든 분들께 고마움을 전합니다.

또한 모든 생명을 지으신 창조주 하느님께 감사드립니다.
여러분 모두를 사랑합니다.

로리 세이전